毒兄に囚われた彼女が、本当の愛を知るまで

～再会した次期CEOの一途な情熱求婚～

m a r m a l a d e b u n k o

宇佐木

marmalade bunko
マーマレード文庫

目次

毒兄に囚われた彼女が、本当の愛を知るまで

～再会した次期CEOの一途な情熱求婚～

1. その熱に酔わされてみたい

突然降り出した強い雨を逃《のが》れるために近くの軒下に避難《ひなん》し、うねる前髪を気にして空を見上げた。その直後、声をかけられる。

「Are you Japanese?（日本人ですか？）」

百六十センチの私よりも二十センチくらい高い長身の彼は、すごくスリムなスタイルで、白いシャツにジーンズというシンプルな服装でも十分魅力的に映った。

「……はい」

自分のあとに現れた見知らぬ男性を前に、緊張と警戒心を覚えて動揺したものの、なんとか肯定だけする。

彼は自分から質問を投げかけてきたわりに、微妙に視線を合わせようとはせず、なんだかぶっきらぼうな印象だった。

ここオーストラリアでは様々な国籍の人が暮らしている。そのため、出身を確認したかったのかもしれない。そうあとから思ったわけは、彼も私と同郷だとわかったから。海外で同郷の人に会うと、懐《なつ》かしいような気持ちになるものだ。

私たちは雨宿《あまやど》りしている間、ときどき言葉を交わした。しかし、やっぱり無言の時間が多くなり、気まずい雰囲気にもなった。

私は場を繋ぐために、無理して話しかける。

「もうすぐやみますよ、きっと。去年もこんな日があったので」

そうして、お互いにまたぽつりぽつりと言葉を交わす。

話の流れで、彼は「同じ目標を持つ仲間はたくさんいるが、自分はひとりだ」とこぼした。どうやら悩みごとを抱えているから、他人の私に対して気遣《きづか》う余裕もなくぶっきらぼうだったのかもしれない。

彼の悩みに触れ、私は勝手に自分の中にも似た感情があると感じ、親身になって話を聞いた。私なりの励ましの言葉を精いっぱい伝えた。

ちょうど話が落ちついたとき、晴れ間が見え始める。

「では、私はこれで」

ここにとどまる理由もなくなり、彼に挨拶《あいさつ》をして歩き出す。濡れた道の先を見れば、大きな虹が架《か》かっていた。

それを見て、なんだか無性に、雨が出会わせてくれた彼に言葉を贈りたくなった。

私は足を止め、後ろを振り返る。

「I wish you all the best.（幸運を祈っています）」

そう告げると、言い逃《に》げするかのように小走りで立ち去った。

彼に〝いいこと〟が訪れますように——。

＊＊＊

「美花《みか》ってばー。あんまりよそ見してると観光客丸出しって感じで、スリに狙われるでしょ」

「あっ、ごめん」

ここはアメリカ西部に位置するラスベガス。私、森野辺《もりのべ》美花は、いわゆる女子旅中で、これから親友とふたりで有名な噴水ショーを見に行く途中だ。

そして、今私に注意をした彼女、谷詠美《たにえいみ》は中学の頃からの友人。

詠美は中学時代から、人前に立つことに一切抵抗のない明るくはつらつとした子で、当時もバスケットボール部部長や生徒会長を務めるなど、常に目立つ存在だった。

実は彼女の親族は、私や詠美が通っていた有名私立校の理事長や役員だ。

そういう家庭環境だから彼女は噂《うわさ》になる存在だったのだけど、そんな事情も一切気にせず、好きなことを好きなようにやる詠美は眩《まぶ》しくて、私の憧《あこが》れだった。

彼女の活発な性格は大人になった今も変わらず、私はそれに助けられている。今回の旅行もそう。私ひとりじゃ海外旅行だなんて、行動には移せなかった。今回は詠美の有給休暇に合わせて旅行中なのだ。

学生時代から、特別取り柄があるわけでもない私とずっと仲良くしてくれて、とても感謝している。彼女は私にとって、うれしいことも悩みごとも親身になって聞いてくれる、大きな存在だ。

「もう。海外に住んでた人が、そんなにおどおどしないの」

詠美は被《かぶ》っているキャップのつばに手を添え、苦笑しながら言った。

私は首を窄《すぼ》めてぽつりと返す。

「だって、海外久しぶりだし……住んでたところとは全然雰囲気も違うから」

詠美の言う通り、私は以前仕事の関係でオーストラリアに居住していた。私が二十五、六歳のときの話だ。

きっかけは大学時代。三年生のときに恩師の助言から日本語教師という仕事に興味を持ち、オーストラリアへ短期留学もした。

日本語教師とは国家資格で、外国人の生徒に対し日本語を教えるといった職業。いわゆる『学校の先生』などの教員とはまた違う。

私は留学したあと、将来を見据えて家庭教師などのアルバイトを続けて貯金をしつつ、大学院まで進んだ末に無事修士号を得た。研修ビザも取得し、大学院を卒業後、留学のときにお世話になった学校と話がついて、オーストラリアへ移住したのだ。

オーストラリアでは現地の学校で二年間日本語教師として働いた。しかし、経営者が変わり、就労ビザ取得をサポートしてくれる後ろ盾がなくなった。そうして私は、そのまま研修ビザの期間が終了してしまい、残念ながら帰国する運びとなった。

それから約一年半、日本でフリーランスの日本語教師をし、生計を立てている。

詠美はあたりを眺めながら、一度頷く。

「確かにね。それに聞いてはいたけど、街じゅう整備整備で……ああっ。やっぱりだめだった！　ベストポジションからは全然見れない！」

話の途中で大きなリアクションとともに嘆く詠美を見て、私も前方に目をやった。

「わあ……本当だ」

遠くに見えるのは、なにやら大きな機材と客席。

実はここラスベガスでは市街地でＦ１レースが開催されるそうで、今はその準備のため街に影響が出ている。たとえば一部交通規制や、こうした観光地の景観が損なわれる……といったもの。

ちなみに目前の距離にある観光定番の噴水は、横幅約三百メートル、噴き出す水柱の最高点は約百四十メートルらしい。それさえもほぼ遮るほどの、大規模な観客席やステージなどを建設しているということだ。

一応水の音とダイナミックな音楽は聞こえてくるから、あの機材の裏側では今まさにショーは開催されているのだろう。私も楽しみにしてはいたけれど、一番は詠美。行き先をラスベガスに決めたあと、真っ先に『ここは外せない』って言っていた。

詠美の心情を察して、彼女の顔を覗《のぞ》き込《こ》む。

「うーん。ま、これも貴重な経験よね。あっちに行ってみよう。隙間《すきま》から見えそう」

あっけらかんと言って笑顔を見せる彼女に驚く。けれど、詠美はポジティブな女性だったことを思い出し、明るく返した。

「うん。その考え素敵だね」

腕まくりをしていたパーカーの袖《そで》を直して前を歩く詠美が、こちらを振り返った。

「にしても、やっぱりガイドブックにもあった通り、ラスベガスの十一月は夕方過ぎてくると肌寒いね。羽織りもの持ってきて正解」

「本当だね。風邪ひいたら大変だもんね」

今は十一月下旬。砂漠性気候のラスベガスは、日中は二十度くらいあるものの、夜には五度前後まで下がったりする。

噴水を横の角度から見るために移動し、曲がり角に差しかかった。

瞬間、誰かに肩を掴《つか》まれる。

「きゃあっ」

「悪い！」

恐怖心から叫び声をあげるなり、その手はパッと離されて聞き馴染《なじ》みのある言語が耳に入ってきた。

日本語？　日本人男性……？　でも、男性で知り合いといえる人なんて、思い当たらない。

心臓がバクバク鳴る中、恐る恐る顔を向けると、私より少し年上らしき男性が申し訳なさげに謝ってきた。

「驚かせてすまない。思わず手が」

驚倒《きょうとう》した私は声も出せず、足も動かない。ただ、急に接触してきた見知らぬ相手に、怪訝《けげん》な目を向けた。

思わずって……。どんな理由で？

その男性はとても身長が高く、見上げるほど。身なりは黒のパンツに膝丈《ひざたけ》のコートと、シンプルかつそのスタイルのよさが活きるモデルさながらの出で立ちだ。

さっき、日本語を話していたし、サラサラな髪の色が黒系なのと茶褐色《ちゃかっしょく》の瞳から、きっと日本の人ではないかと思った。

詠美が気づいてくれて、私のそばに立つ。

「美花？　誰？　知り合い？」

「ううん……」

私は詠美の腕にしがみつき、くせっ毛の前髪に手を当てて彼から視線を逸《そ》らした。

どうしよう。こういうときは、とにかく逃げる？　でも申し訳なさそうに謝ってきたし、この人の話をちゃんと聞いてからでも……。

詠美にしっかりくっつきながら、目の前の男性をもう一度見る。

彼は堂々と私と向き合い、小さく笑った。

「警戒されても無理ないな。焦ってたとはいえ、いきなり肩を掴んだし……。それに会ったのは数年前のたった一度だから、忘れられていても不思議じゃない。でも俺はすぐわかったよ。その髪をいじるクセ」

そう言って白い歯を見せる彼を、ジッと見つめる。

数年前……一度だけ？　髪をいじるクセ……。

「もしかして、雨宿りのときの……？」

「そう。久しぶり」

あれは三年くらい前だった。私がオーストラリアで過ごしていたときに、たまたま出会った人だ。スーパーの軒下で雨がやむまで少し言葉を交わしたことがあった。

私の反応に、彼は幾分《いくぶん》かほっとした様子で、今度は朗《ほが》らかに頬を緩ませた。

過去に思いを巡らしていると、もうひとり男性がやってきた。

「佐光《さこう》。急に走り出したと思ったら、なにやってるんだよ」

その人は佐光という長身の彼より十センチくらい低めの背丈で、ジーンズに白いTシャツ、ネルシャツを羽織っている。この男性も、きっと私たちより年齢は少し上だろう。でも顔立ちにどこか幼さが残っていて、先に会った彼と比べると話しやすそうな雰囲気だ。

「知り合いに会ったんだ」

「え？　そうなの？　こんなとこで？　そりゃすごいな」

あとから来た友人らしき男性は、目を丸くして私たちを見た。

たった一度、十数分だけ雨宿りの時間を共有したことのある人。

ここにいる彼がその記憶の人と同一人物だとわかると、あの頃の彼と今の彼との共通点をいくつか見つけられる。

首がちょっと痛くなるくらいの長身と、頭の小ささ。凛々《りり》しい眉《まゆ》と、一重瞼《ひとえまぶた》の涼し気な目元の美形な顔立ち――。

ただ、あの頃の彼はもっと身体も細身だったような。こんなにしっかりとした身体つきではなく……。改めて見ると、記憶の中の彼よりもひと回り身体が大きいかもしれない。その違いから、さっきすぐには気づけなかったのかも。

髪も以前はスポーツ刈りに近い短髪だった。今は前髪を下ろせば目元を隠せるほど髪が伸びているのもあって、印象ががらりと変わって感じる。

比べて私はあの頃となにも変わっていないから、彼もすぐ気づいたのだろう。地毛が栗色でくせの強い髪質のロングヘア。体重も身長もそのままだし、服の系統だって昔からこういうモノトーン系のシンプルなもの。

考えながら、無意識に自分の服装を確認する。

今日もパンツスタイルに、シンプルなアイボリーの無地シャツ。それにジャケットを羽織って、まるでオフィスカジュアルといってもよさそうなコーディネートだ。

彼は連れの男性や詠美にお構いなしで、私に質問する。

「旅行中？　今はどこかへ行く途中だった？」

「ええと、そこのショーを見てから食事にでも……って」

「そうなの？　店はどこか予約してる？」

「え？　いいえ……」

彼のことを今の今まで忘れていたから、こんなふうに感じるのはおかしいかもしれないけれど、以前の彼はこんなにグイグイ来るタイプではなかった気がする。

彼の勢いに圧倒され、たじろいでいるとさらに驚くことを言われる。

「俺たちも同席させてもらったらだめ？　こんな偶然ないし。せっかく会えたから」

「えっ」

びっくりして声を出したのは私ではなく、彼の連れの男性だ。

そりゃあ、寝耳に水だと思う。あの男性にとっては、見ず知らずの女性と急に食事なんて展開になりかけているんだもの。当事者である私でさえ、初対面ではないにしても、ほぼそれに等しい相手だ。正直いって、戸惑《とまど》いしかない。

悪い人ではないと思うけれど、さすがに急展開すぎて。

無意識に詠美に助けを求めるかのように、視線を向けた。すると、詠美は少し考えてからあっさりと答える。

「食事くらい、私は全然いいよ。知り合いなんでしょ？　本当、こんな偶然滅多にないじゃん。このあたり、詳しいんですか？」

「ある程度は。行きたい店の目星がついてるなら、案内するよ」

「わあ。美花、暗くなってきたし助かるんじゃない？」

私と違って社交的な詠美にとっては、そこまで悩むことでもないみたい。むしろ、道案内をしてもらえることを、好都合と捉《とら》えたらしい。

知り合いっていうほどの関係でもない気はしつつも、この流れで私が拒否なんてできるわけがない。

「そう、ね。えっと、じゃあ詠美と、あとそちらのお連れの方がいいのなら」

私はついいい顔をして、作り笑いで彼の隣の男性を見やった。男性は『おふたりがいいんだったら』と似たような反応をする。

全員が承諾した雰囲気になったところで、そろりと彼を見た。

すると彼は視線を返すなり、ニコリと笑って言う。

「美花っていうんだ。あの日、名前を聞きそびれてたこと、後悔してたんだ。あ、俺は佐光駿矢《しゅんや》。駿矢って呼んで。改めてよろしく」

差し出された右手に、躊躇《ためら》いがちに手を重ねる。

私は仕事以外でのコミュニケーションが苦手だ。特に男性とはうまく交流できず、委縮《いしゅく》しがち。

ちらりと駿矢さんを窺《うかが》う。

でも……彼は危険な人ではない……と思う。数年前と見た目は変化していても、彼の瞳は変わらない気がするから。不思議と握手を交わす手からも不信感や嫌悪は感じられない。もうあとは自分の直感を……彼という人間を信じるしかない。

「では……ご一緒に」

私がそう言うと、「ありがとう」と爽やかな声で返された。


その後、雑誌で目星をつけていたレストランへは、スムーズに到着できた。地理に詳しくない私や詠美に代わって案内してくれた彼のおかげだ。

駿矢さんは、自動車メーカーで働いていると教えてくれた。連れの男性の丹生幸央《はにゅうゆきお》さんも仕事仲間らしい。彼は第一印象通り気さくな人で、食事中も明るく振る舞ってムードメーカーになっていた。

さらに、ふたりはF1レースにも関わっていて、今回ラスベガスに滞在していたのはここでレースが開催されるからだと説明された。ドイツ拠点の『LIT.H《リッツハー》_Racing』

というチームを率いる自動車メーカー『LITJIN GmbH《リッジン ゲーエムベーハー》』に所属しているそうだ。

ふたりは現在、ドイツ在住だとも教えてくれた。

「じゃ、あの街じゅうをフェンスで囲ってるレースに関わってるってことですか？」

「まあね。レース運営側じゃなく、参加チーム側として」

「参加チーム側って。そっちのほうがすごい気がする。ねえ、美花」

詠美が積極的に質問を投げかけ、それに答えるのが丹生さんという構図になっていたところ、最後に名前を出されてドキリとした。

私は詠美と違って、ふたり以上の場で話に入るのが苦手だから、突然話を振られて内心狼狽《うろた》える。

「そうだね。別世界かも」

問いかけられたのが詠美からなのもあって、思いのほかスムーズに反応できた。

「おふたりは、どういった役割を担ってるんですか？」

会話のリレーを続ける詠美にほっとし、私は目の前のステーキを口に運ぶ。

「俺は完全な裏方かなー。今は佐光の秘書をやってるから」

「秘書？　え、っていうことは、佐光さんはどういう？」

詠美はさっきから興味津々だ。ショートボブの髪を耳にかけ、前傾姿勢になる。

詠美の質問に答えたのは、やっぱり丹生さんだ。

「えーと、かみ砕いていうなら、自動車企業の専務兼F1チームの責任者、的な？」

思わず「えっ」と声を漏らした。失礼な反応だったと慌《あわ》て、軽く俯《うつむ》く。

専務って……とてもそんなポジションにいるとは思えない若さなのに。それに、F1チームの責任者って……。きっとすごいことだ。

詳しくないながらも圧倒され、窺うように向かいに座る駿矢さんに目を向けた。

海外にいても様《さま》になるのは、その抜群のスタイルもさることながら、きっと彼が持つステータスやそれに伴うオーラが滲《にじ》み出ているからかもしれない。

とはいえ、さっき道端で声をかけてきたときの彼は、なんて表現したらいいか……等身大とでもいうのか、そんなに素晴らしい肩書きを持っている雰囲気はなかった。

まるで昔馴染みの友人みたいに、キラキラした笑顔でどんどん距離を詰めてきて。

ひとり回想していると、その間に詠美と丹生さんでさらに盛り上がっていた。

「でも専務と秘書というには、おふたりはずいぶんと仲がいいように見えますね」

「そうそう。よく周りに言われるんだ。『専務に対して馴れ馴れしい』って。でも本人が許してくれてるから。俺、昔から佐光のファンなんだよ」

「ファン？　佐光さん、よっぽど好かれてるんですね～」

ふいに丹生さんが「そうだ」となにか思いついたように言って、駿矢さんを見た。

「明日のフリー、ふたりくらいならいいんじゃないか？」

突然話を振られた駿矢さんは、目をぱちぱちさせる。その後、小さく笑った。

「元広報担当だけあって熱心だな。まあ、問題はないけど」

ふたりの間で短い確認が終わるや否や、丹生さんが私たちに向き直る。

「ふたりが明日のスケジュールに余裕があるならさ。見に来てみたらどう？　明日は朝と昼にフリー走行があるから。生で見ると迫力全然違うよ。ぜひ見てほしいな」

丹生さんの厚意に、私と詠美は無言で目を見合わせる。

先に口を開いたのは詠美だ。

「えっ……。でもそういうのって、チケットが必要なんじゃ？」

「席は用意できるから心配いらないよ。俺たちも、F1の世界に興味を持ってくれる人が増えたらうれしいいし」

丹生さんに前のめりでレース見学を勧められると、詠美は悩み始める。

「私、興味あるなあ。明日の予定はショッピングくらいだし。どうしよう美花～」

彼女は昔からなんにでも興味を示し、行動力もある子だ。丹生さんから誘われた時点で、展開は見えていたから特段驚かない。

「私は詠美といたら、どこでも楽しめるよ」

「そう？　いい？　本当に？」

「うん。それにほら、一か所私が苦手だからって行かないことになった場所があったでしょ？　あのすごく高いタワーとアクティビティ。その代わりっていうわけじゃないけど……レースなら私も一緒に楽しめそうだし」

事前にふたりで『行きたいね』と言っていた場所へは、もう回った。詠美が興味を示した中で、唯一私が難色を示したのは、いわゆる絶叫マシン系のアクティビティ。高い場所で景色を眺める程度なら大丈夫だけれど、数百メートルというタワーの上で乗るアトラクションはちょっと不安で。詠美には悪いと思ったけれど、体調を崩しても迷惑をかけるし……と初めから正直に断ったのだ。

詠美も私とは長いつき合いのため、苦手なのはわかっていたけれど聞いてみただけ、とそこへは行かないことになった。

私が一緒に楽しめたなら……と心苦しく思っていたところがあったから、今回の誘いは全面的に賛同したい。

私が答えると、詠美は私の手を掴んで大げさに喜ぶ。

「ありがとう、美花」

お礼を言うのは私のほうなのに、と心の中で思う。彼女には、私ひとりじゃ踏み出せない場所にいつも連れていってもらっているから。

私たちの会話を見守っていた丹生さんは、「話は決まったね」と口にした。

駿矢さんは丹生さんのように勧誘するわけでもなく、黙って話を聞いていた。

彼の表情はなんとも言いがたいもので、怒っているわけではなさそうだけど、楽しそうでもなかった。

駿矢さんのことを気にしているのはどうやら私だけだったようで、詠美と丹生さんはまったく気にせず話を弾ませている。

そうして私たちは、明日もまた彼らと会う約束をして宿泊先へと帰ったのだった。

翌日の待ち合わせ場所は、昨日の噴水の目と鼻の先。そして、約束の時間は十一時半。正午から始まるフリー走行に合わせた時間だ。

私たちを見つけた丹生さんは遠くから右腕を高く上げて振り、大声を張り上げる。

「あ、いたいたー！　こっちこっち！」

無事合流できた丹生さんの姿は、昨日のファッションとは違っていた。

その半袖のポロシャツにも似たシャツは、いわゆるチームウェアとでもいうものだろうか。紺地に肩に赤色のラインがあり、前側も肩もいろいろなロゴがプリントされている。今日は見るからにレース関係者といった装《よそお》いだった。

「こんにちは。今日はよろしくお願いします」

「ようこそ、F1の世界へ……なんちゃって」

私と詠美が頭を下げてしっかり挨拶をするも、丹生さんは昨夜とあまり変わらないテンションで応じた。そのおかげで少し緊張は解《ほぐ》れた気がする。

関係者ブースに案内してもらっている間、近くをこっそり見回したけれど駿矢さんの姿は見つけられなかった。

「美花、早くー」

詠美に呼ばれ、我に返る。私は速足で追いかけた先で詠美の隣に並び、サーキットを一望《いちぼう》した。

カーレースのサーキットといえば、頭に浮かぶ景色は陸上トラックみたいな楕円のコース、その舞台をぐるりと囲んだ観客席、といったところ。けれども、今私たちが見ているサーキットは、まったく別物。普通の……公道をレースコースにしている。公道から距離を取ってフェンスが立ち並び、向こう側にホテルや商業施設のビルなどが普通に見える中で……。想像していたサーキットではないから当然ながらコースも不規則だ。

昨日まではフェンス沿いに歩いて観光していたけれど、フェンスには目隠しなのかシートがかけられていて内側は見えなかった。こちら側はこんなふうになっていたんだ。本当にここで、F1レースが行われるの？

驚きを隠せずに、茫然《ぼうぜん》と会場内を見渡す。

斜《はす》向かいにはひと際大きなスタンド席。昨日の噴水前の席よりも、まだ大きいような……。そして、その席はすでにお客さんで賑《にぎ》わっている。

今日はフリー走行だけって話だったのに、こんなに……？

「なんていうか、不思議なすごい光景だね」

私の胸中を、詠美がそっくりそのまま口にした。

街じゅうがレース会場になっているのは不思議な感覚だし、その中でこの大規模なセッティングと盛り上がっているお客さん。どれも初めて体験するものだ。

「ラスベガスでは、街中の公道約六キロのコースを時速三百キロ以上で走るんだよ」

丹生さんの説明を耳に入れつつ、あたりを一望した。

車のレースって、なんとなくイメージはあったものの、よくわからないことが多いかも。大体、特別整備もされていなさそうな公道を、時速三百キロで……？

なんともいえない不安を感じていたら、視線の先に駿矢さんらしき人を見つけた。屋根のある、マシンの部品などを置いておくブースのような場所で、誰かと話している。

私が視線を送り続けていると、丹生さんが横に来て言った。

「ああ。あそこのガレージにいるの、佐光だよ。よくわかったね」

「やっぱりそうでしたか。なんだか、お忙しそうですね」

彼のもとへは、さっきから代わる代わる人が寄ってきている。責任者だと聞いたし、当たり前といえばそうなのかな。

「佐光は人たらしだからさ。ああやって、みんなに慕われてるんだよね。それは現役時代から変わらないかもなー」

「現役時代？」

引っかかりを覚えて丹生さんを見ると、彼は片手を後頭部に置き、白々しく目を逸らした。

「あっ、と。あんまり人のこと勝手に言っちゃだめだった。ごめん、あとは本人から聞いて。俺ちょっと席外すけど、あとで戻ってくるからさ。楽しんで」

笑顔で手を振り、颯爽《さっそう》と去っていく丹生さんの姿を見つめる。

「美花、こっちおいでよ」

すでに席に着いていた詠美に手招きされ、私は隣に座る。

そういえば、オーストラリアにいたとき……メルボルン市街でも同じような車のレースが開催されたとかなんとか聞いたことがあったかも。じゃあ、あの日、彼がオーストラリアにいたのは、レースのためだった？

当然ながら、当時の私はそんなこと気づきもしなかった。

ガレージ手前に立っている彼を見続ける。先ほど同様、彼の周りには常に数人のスタッフがいる。

丹生さんは『人たらし』なんて言っていたけど、彼はきっと人望が厚い人なんだ。なんとなくわかる気もする。たった二度しか会ったことない人にもかかわらず、魅力的だと思うもの。なんていうんだろう。人を惹《ひ》きつける天性のカリスマ性とでもいうのかな。思い出してみれば、初めて会ったときも『私とは違う』って思ったっけ。

昨日まで忘れていた彼の存在を改めて思い返すと、案外いろいろと思い出せる。

現在と比べひと回り華奢《きゃしゃ》だった身体。少しぶっきらぼうな口調、笑顔のない会話。口調や表情は、あの日の彼には悩みごとがあったせいだと今ならわかる。

それにしても、たった三年ほどであんなに印象が変わるものなんだ。声をかけられなかったら、絶対に気づけなかった。

ガレージのひさしの下にいる彼のたくましい背中を見つめ、微《かす》かな羨望《せんぼう》を抱く。

地味な私にとって、自分以外の人はいつも眩しく見えていた。そんな中でも、彼の瞳は一等綺麗《きれい》だったように思う。

そんな思考を一瞬で引き戻したのは、レーシングカーのエンジン音。

自然と音の出どころへと意識を惹きつけられる。そのうち、各チームのレーシングカーが走り出し、スタンド席からも「わっ」と歓声があがった。

ほどなくして、街じゅうに響いているのではないかというほどの轟音《ごうおん》に圧倒される。お腹の奥まで痺れる感覚がするほどの、エンジンの大音量。

普段、賑やかすぎる大きな音はあまり好まないけど、レーシングカーの音はその迫力にただただ驚かされるだけ。

赤や黄色、白、青など、いろんな色のレーシングカーが、まるで後ろに引いたら勢いよく走り出すゼンマイ式の車のおもちゃみたいに、目の前をヒュンヒュンと走り抜けていく。

「ねえ！　練習でこれなら、本番のレースってどこまで迫力あるんだろ！」

詠美が私の耳元でそう言った。

「わからない……なんか、すごいね」

仮にも日本語教師なのに、単純な語彙《ごい》しか出てこない。素人にはまったくわからないものの、ただ『すごい』という感情だけは確かにあった。

さっき丹生さん、『現役時代』って言っていた。つまり……駿矢さんもこうやってレーシングカーに乗っていたってことだよね？　あんな大きな音とスピードで、怖くなかったんだろうか。アトラクションの類《たぐい》全般だめな私にしたら信じられないこと。

駿矢さんの姿を探すと、ガレージ内で腕を組んでチームのレーシングカーの走りを見ていた。

あっという間に時間は過ぎ、少し前まで賑やかだったサーキット内も元に戻る。

スタンドのお客さんは興奮冷めやらぬ雰囲気で、まだ半分くらい席に残っている。

私もなんだか少し興奮気味のまま、その場から動けずに座っていた。

「ね、なんかさ。さっきまで走ってた車さあ……。人が運転してるなんて信じられなかったよね。スピードが速すぎて……」

詠美も私と同じ感覚なのか、どこかぼーっとしてそう言った。

「本当ね……。なんていうか、世の中に知らないことって山ほどあるんだって、改めて実感させられた」

海外留学から海外移住して勤めていたときにも、同じようなことを思った。

今まで自分が過ごしてきた世界は、こんなにも狭かったのだと。

そのときだった。丹生さんの声がして我に返る。

「遅くなってごめん。どうだった？」

私たちは丹生さんのほうを振り向きながら、席を立った。

「すごく興奮しました！　実際目《ま》の当《あ》たりにすると、こんなに迫力があるんですね」

彼の問いかけに即座に反応を示したのは詠美だ。

興奮気味に返事をされたことがうれしかったのだろう。丹生さんも、どこか熱くなっている様子で会話を続ける。

「でしょ？　俺にもセンスや才能があったら、ドライバーになってみたかったよ。あ、あれだよ。さっきまで走ってたドライバー」

「え？　どこ？」

「こっちこっち」

ふたりが盛り上がってサーキットの近くへ移動していく。私はなんとなくタイミングを逃し、その場にとどまっていた。

すると、背後から肩を叩かれて驚いて振り返る。そこには、さっきまで遠目に見ていた彼が立っていた。

「駿矢さん……」

「悪い。驚かせた」

彼はすぐに手を離し、申し訳なさそうに謝った。

「いえ、こちらこそごめんなさい。もういいんですか？　ガレージ離れちゃって」

私はガレージの方向を見て言った。

走行は終わっているけど、さっきまでの彼の存在感を目の当たりにしていたから。

駿矢さんは近くの空いている席に腰を下ろす。

「ああ。ちゃんとリーダーがいるから。俺はあくまで責任者ってだけだしね」

サーキットを見つめながら答えた言葉を受け、自然と私も同じ方向に顔を向けた。

「今日見ていて、あなたがどれほど必要とされている方なのか伝わってきました。頼りにされているんですね。やっぱりご自身も現役……あっ」

口を滑らせかけて、咄嗟《とっさ》に手で押さえた。途端に気まずさを覚える。

『やっぱりご自身も現役の経験があるからでしょう？』と言いたかったけれど、この話はまだ本人の口から聞いたことではない。加えて彼にとって触れてもいいことなのかわからないから、不自然に途中で口を噤《つぐ》んでしまった。

自分の前髪に触れながらあたふたしていると、彼は私を見上げ、特に気まずそうな雰囲気もなくさらりと言った。

「ああ。もしかして、あいつから聞いた?」

前方の丹生さんへ視線を向けながら聞かれると、私はしどろもどろになる。

「え……と、明確には伺《うかが》っていないんですが、話の前後からなんとなく、そうかな?っていう予想で」

丹生さんの話し方から、駿矢さんにとっては触れられたくない話なのかと感じてしまった。しかし、目の前でくすくす笑う駿矢さんを見れば、その心配は杞憂《きゆう》だったのかもしれない。

「気を使わなくて大丈夫。美花なら別に構わないし」

『美花』って……。あまりに自然すぎて一瞬聞き流しそうになった。

呼び捨てが嫌とかではなくて、家族以外の男の人からそんなふうに親しげに呼ばれるのは初めてだからドキッとする。

それに、私になら構わないって、どういう意味だろう。

何度も心の中で首を傾《かし》げていると、彼はまたサーキットに顔を向ける。

「俺の経歴を知らない相手には、わざわざ伝えないことにしているんだ。変にちやほやされるの、性《しょう》に合わなくて」

　F1ってワードは誰しも知ってはいそう。レースを見たことがなくても、なんとなくふわっとしたイメージは持っている。私や詠美みたいに。

　つまり、F1ドライバーといえば有名人と同等な印象になるのは自然なこと。そして、彼は、むやみやたらに褒《ほ》めそやされるのを好かないという話。そういう心理は、想像できる。

　ただ、引っかかるのは私になら構わないっていう部分だけ。

　もしかして私、昨日からずっと興味がなさそうに映っていた？　だから、元レーサーだと明かしても煩《わずら》わしさもないだろうと思ったって話かな……。

　そんなつもりはなかったものの、それはそれで失礼な振る舞いをしていた可能性を思うとたちまち不安になる。

「あの、ごめんなさい。私、昨日からリアクション薄かった……ですよね？　すみません、興味がないわけではなくて」

　あたふたと言いわけを並べ、頭を下げる。気まずい心境で両手に力を込めていると、駿矢さんはやさしい声で返してきた。

「そんなふうに思わないよ。美花は人を肩書きだけで区別しないだろう。だから大丈夫だと思った、って伝えたかっただけ」

思いがけない言葉をかけてもらい、ゆっくり顔を上げた。

姿勢を完全に戻す前に座っていた駿矢さんと目が合う。その際、完全に心を開いたような満面の笑みを向けられ、たじろいだ。慌てて背筋を伸ばし、視線を泳がせる。

「あ、あの、もうここ、出たほうがいいですよね。私、詠美呼んできます」

駿矢さんの笑顔に一方的にドキドキして、落ちつかなくてその場を離れる。

彼に背を向けた今でも、心臓は跳ね回ってなんだか身体じゅうが熱い。単に笑いかけられただけなのに。うまく言い表せない感覚が心の中を巡っている。

むずむずするような、落ちつかない感覚は初めて。心を落ちつかせようとすればするほど、駿矢さんのことが頭から離れなくなる。

次の瞬間、足に伝わるはずの地面の感触がなくなった。

「きゃ……っ」

途端にバランスを崩し、その場に倒れ込む。どうやら気もそぞろで歩いていたせいで、段差に気づかず踏み外してしまったらしい。

左の足首に痛みを感じ、手を添える。急いで体勢を立て直そうと膝を立てたら、さらに足首に痛みが走った。

「美花！　大丈夫か？」

運動神経が鈍い自分を嘆く間もなく、駿矢さんがやってきてしまった。

「驚かせてすみません。大丈夫ですから」

恥ずかしさのあまり、小さな声で早口に返した。

彼はきっと笑うような人ではない。だけど、恥ずかしいものは恥ずかしい。

羞恥心《しゅうちしん》を押し隠すために笑顔を作り、近くのベンチに手を乗せて立ち上がった。

「あ、美花〜！　今そっち戻るね〜」

詠美が遠くから声をあげ、階段を上ってくる。どうやら私の失態には気づいていないみたい。

四人揃《そろ》ったところで、丹生さんが私たちに尋ねる。

「ふたりは今日、このあとどうするの？」

「ぶらっとアウトレットモールへ行こうかと。ね？」

詠美が答え、私は「うん」とそれに調子を合わせた。

アウトレットモールへの移動はタクシーだろうから平気だ。ただそれからモール内をあちこち歩き回るのは……足首、大丈夫かな……。

せっかくの旅行に水を差すようで、詠美には言い出しづらい。

頭の中でぐるぐると考えながら笑顔でその場に立っていると、丹生さんが残念そうに苦笑する。

「それは邪魔しちゃ悪いな。女性の買い物にはさすがの俺も役に立てなそうだし？」

冗談交じりにお伺いを立てる丹生さんに、詠美は楽しそうに笑い声をあげた。

詠美が元から人見知りするタイプではなく、社交的なのは知っている。それでも、なんだか丹生さんとはとりわけ波長が合うのか、もっと前から知り合いみたいな雰囲気に思えてしまう。

「それじゃあ、出口まで送るよ」

丹生さんが歩き出すと、詠美もそれについていく。次に私も……と思ったとき、やっぱり足首が痛くて思わず首を窄めた。

いけない。ここで怪我をしたと気づかれたら、駿矢さんや丹生さんにも悪い。せめて、詠美とふたりきりになってから……。

「やっぱり、さっきので足痛めてるんだろ」

そばにいた駿矢さんが声を顰《ひそ》めてそう言った。

気づかれていたことに驚いたのも束《つか》の間《ま》、彼が軽く膝を曲げる。なにかと思えば、一瞬で私は抱き上げられていた。

「えっ？　ちょ、なに……きゃあ！」

急な出来事に言葉もまともに発せない。同時に、私が悲鳴をあげたせいで詠美や丹生さんもこちらを振り返り、目を丸くしている。

「えっ。どうしたの？」

詠美の疑問に答えたのは、駿矢さんだった。

「彼女、さっき転んで足を挫《くじ》いてる。帰る前に救急チームのところに連れていく」

「ええっ⁉　そうなの？　美花」

驚く詠美に、私は視線を落とした。

「……うん。ごめんなさい」

「謝ることないじゃない。大丈夫？」

「たぶんちょっと捻《ひね》っただけ。だからその、下ろしてください」

いまだに緊張で強張っている身体のせいか、声が思うように出ない。

弱々しい声で駿矢さんに訴えると、彼よりも先に詠美が反応した。

「無理しないで、そのままお願いしたら？　ここ段差も多いし」

「いやでも」

どうにか下ろしてもらおうと思っていたとき、駿矢さんは私に構わず歩き出した。

しっかり支えてくれてはいるものの、こんな体勢は初めてで怖くなる。

すると、駿矢さんが足を止めてささやく。

「いいから。ちゃんと掴まって」

反射的に彼のほうを見たら、想像以上に顔が近くてパニックになる。それでも彼が再び歩き始めると、手が勝手に彼の肩を掴んでいた。

空いていた控え室で救急チームのスタッフに診てもらったら、捻挫《ねんざ》だろうと言われ湿布を貼ってもらった。救急スタッフが去ったあと、詠美が改めて私の足を見る。

「まだそこまで腫《は》れてはいないみたいだけど、やっぱり青くなってるね」

「詠美ごめんね。おふたりも、ご迷惑をおかけしてすみません」

詠美をはじめ、駿矢さんと丹生さんも、ただ純粋に私の心配をしてくれているようだった。本来ならもうここを離れ、各々《おのおの》予定通り動いていたはずなのに……と考えると、居《い》た堪《たま》れなさが増す。

「これじゃ、このあと出かけるのはやめたほうがいいね。ホテル戻ろっか」

「えっ。だけど、せっかく……今日が最後の観光できる日なのに……」

詠美の発言を受け、自分のせいでこうなっているってわかっているはずなのに、そんな本音がつい口からこぼれ出た。

言った直後、迷惑をかけている張本人がそれを言うかと自分を責める。

「いいよ、いいよ。十分楽しんだじゃん」

私は彼女を見つめ、やっぱりどうしても今日のスケジュールを白紙にすることに抵抗を感じてしまった。

「……でも」

詠美が今回久しぶりの海外旅行で、すごく楽しみにしていたことは私が誰よりも知っている。それに、彼女は根っからのアウトドア派だということも。

私のせいで旅行の予定が変更になるなんて、申し訳ない気持ちでいっぱいになる。

「友達が怪我したら、心配して寄り添う気持ちになるのはごく自然なことだろう」

突如、発言したのは駿矢さんだった。

パッと顔を上げれば、彼は私を見ている。

駿矢さんの指摘はもっともだ。もしも、私が詠美と逆の立場だったなら、彼女を責める気持ちになどならないに決まっている。私だって詠美と同じ決断をするだろう。

だから、今抱えている感情は私の身勝手なものとはわかっている。……だけど。

胸のあたりに手を当て、きゅっと軽く握る。

「ただ、お互い心苦しそうに見えるし、ちゃんと気持ちを伝えたほうがいいと思う。

きっとふたりが抱えている気持ちは同じものだろうから」

駿矢さんが続けてそう言うと、みんな彼を一瞥《いちべつ》したのちに私を見た。

急にパスを出された感覚に戸惑ったが、私は目の前の詠美と向き合い、勇気を出して胸の内を口にすることにした。

「自分の不注意で怪我をして、こんなふうに言う立場じゃないってわかっているんだけど。詠美にはこの旅行を最後まで思いきり楽しんでほしいなあ……って思って」

「その気持ちはうれしい。けど、美花の足が心配だから。無理はさせられないよ」

真剣に受け止めて返してくれた答えは、本当は直接言われる前からわかっていて、納得せざるを得ないものだった。

私が頷いて詠美の言葉を受け入れる直前に、再び駿矢さんの声が割って入る。

「別行動にするというのは？　たとえば……谷さんは、行きたいと言っていたタワーに丹生に連れてってもらって、その間彼女はホテルで休んでおく、とか」

詠美が行きたいって言っていたタワー……ああ！　タワーの上にアクティビティのあるところ！

「美花が元々そういう場所は苦手だから、今回プランから外したって話の。そこなら、谷さんも気兼ねなく別行動できるんじゃないか？」

昨夜ちょっと話題に出たことを、こうして覚えていて提案できるなんてすごい。

私と詠美は、自然と目を見合わせた。

「おお、そういやそんな話してたね。ここからすぐ行けるところじゃん。車で十分くらいかな~。佐光はそういうの好きじゃないけど、俺は絶叫系得意だし、谷さんがいならつき合えるよ!」

丹生さんが意気揚々《いきようよう》と声をあげるのをきっかけに、ふと頭を過《よぎ》る。

ふたりの気持ちはうれしいけれど、昨日知り合ったばかりの男性と、詠美ひとりを出かけさせるって……危なくないかな。ふたりには今日もよくしてもらっているのに、こんなふうに思うのは失礼だけど、やっぱり……。

この意見をどう切り出せばいいか、考えあぐねた。言いようによっては、失礼にあたるから。

「心配しなくても、丹生とふたりっていうのが不安なら、チーム内の女性クルーに声をかけるよ」

駿矢さんは、どうして私が思っていることがわかるのだろう。それともただの偶然? どちらにせよ、引っかかっていることをことごとく拾って、解決策を出してくれるからとてもありがたい。

「それはもちろん！　みんな明るくていい人たちだから、すぐ仲良くなれるよ。あ、日本語を少し話せる女性もいるし」

丹生さんも気を使ってくれたのか、続けざまに補足してくれた。

駿矢さんと丹生さんが悪い人ではないって、昨日でなんとなくわかってはいる。それに、今日は彼らの職場に招いてもらったようなものだ。つまり素性が明かされているということ。そんな人たちが悪いことを働くとは思えない。

そうはいっても、今話している内容は私じゃなくて詠美のこと。詠美がどう感じて、どう考えるか。そして、本当に危険はないかをきちんと判断しなきゃ。

「今話した内容は、あくまでひとつの案ってことで。あとはふたりで決めたらいい」

駿矢さんは淡々と私たちへ委ね、丹生さんと一緒にその場から離れていった。

ふたりきりになったあと、詠美が私の手をそっと取る。

「美花、私は本当に気にしてないよ」

「うん。でも……確かに駿矢さんが言ったプランもありだよね。ただ、詠美が危険な目に遭わないかどうかが」

リスクはゼロではないだけに、簡単に『行ってきて』と背中を押せない。

「女性を含む数人を呼んでもらえるなら大丈夫かな～って思ったよ、私。……っていうかね。こんなときに……って引かないで聞いてくれる？」

「え？　うん」

詠美がごにょごにょと言い淀むものだから、きょとんとした。

私が真剣に耳を傾けると、詠美は口元に片手を添え、声のトーンを落とす。

「丹生さんのこと、ちょっといいなーって」

予期せぬ展開に、私は目を大きくして詠美を見た。

まさか詠美がそんなふうに思っていたなんて、少しも考えが及ばなかった。

「たった二日でなにがわかるのって話だけどさ。でもなんか人柄っていうか……秘書ってだけあって面倒見がいい感じするし、あとさっきも知識ゼロの私にＦ１を熱弁してきたりとか」

どこかわくわくした様子で話をする詠美を、ぽかんと見つめる。

「もう少し話をしてみたいっていうかね。この歳になってくると、普通に生活していて職場以外の新しい出会いなんてないじゃない？　貴重な出会いかもしれないし」

「そう……そうね」

親友の淡い恋心を知り、幾分か気持ちが浮き立つ。

詠美が前向きな感情でいるのなら……。詠美の言う通り、丹生さんは悪い人じゃない気がしているのは私も同じだし……。

「だから、美花の言葉に甘えて二時間くらい遊びに行ってこようかな」

詠美にニコッと笑いかけられ、私はなぜか高揚して前のめりで返した。

「うん。うん！　私はホテルでのんびりするのも好きだし、パソコンを持ってきてるから仕事もできるし」

思わず饒舌《じょうぜつ》にフォローを重ねていた。やっぱり少しでも有意義な時間を過ごしてくれるとうれしい。

私の言葉に軽く頷いた詠美は、ふいに表情を引きしめた。

「とはいえ、念のためほかの人は呼んでもらうね」

昔からしっかりしている詠美だ。今回のことも、浮かれずきちんと弁《わきま》えている。

私も彼女に感化され、気持ちを正す。

「そうだね。それがいいと思う」

話がうまくまとまり、充足感を抱いて詠美を見れば、彼女はなにやら浮かない顔つきをしていた。

疑問に思って「詠美？」と呼びかけると、彼女は渋い表情で話し出す。

「ただなあ。私よりも美花のほうが心配」

思いも寄らない発言に、目を瞬《またた》かせる。

「どうして？　私、英会話はできるし、ホテルで安静にしてるから平気だよ」

すると、詠美は首を横に振ってみせた。

「〝あの人〟。丹生さんと違って、わかりづらい。なにを考えてるか読めない」

「あの人……って、駿矢さん？」

詠美は私をまっすぐ見て、こくんと頷いた。

「美花に対して興味……っていうか執着？　なんかそういうの、あるでしょ」

「ええ？　そんなこと……」

再会したときのことを思い返すと、はっきりと否定できなかった。

執着は違う気もするけれど、確かに興味がなければ、あんなふうに食事を一緒にする流れにはならなかったかもしれない。

「まあ、彼も職場や肩書きなんかはすでに割れてるわけだから、おいそれと変なことはできないとは思うけど」

詠美が顎《あご》に手を添えて真剣な顔でそう言った。

「そんな心配いらないよ。第一、ここを出たら私はタクシーに乗るつもりだし、すぐ別れることになるでしょ？」

「私の予想だと、このあと彼は美花をホテルまで送るって言うよ」

「まさかそんな」

じとっとした視線とともに言われた内容に、自然と身体が軽くのけ反った。

詠美は驚く私に詰め寄って、さらに持論を展開する。

「もー、美花。さっき、気づかなかったの？　彼、私にタワー観光を勧めたときに『丹生に連れてってもらって』って言ったのよ。つまり、彼は初めから丹生さんとは別行動を取るつもり」

「えっ、そういう意味かなあ？　丹生さんも言ってたじゃない。駿矢さんは絶叫系が得意じゃないって。それで行きたくなかっただけじゃない？」

「それはそうかもしれないけど、そもそもさ。佐光さんって、誰が相手でもあんなふうに抱き上げる人じゃない気がする。美花が特別ではあると思う」

「特別だなんて」

詠美の心配する視線を浴び、俯きながらぽつぽつと言葉を続ける。

「なんとなく……としか言えないんだけど、悪い人ではない……と思うの」

彼に対しては、以前も今も怪しさとか危険な雰囲気は感じられない。

「理由は？　男性に対して美花がそんなふうに言うなんて、よっぽどじゃない」

詠美がこうやって厳しく問い詰めるのは、決して私を責めているわけじゃないとわかっている。彼女は、いつでも私を心配してくれているのだ。

私が答えを頭の中でまとめている間にも、詠美は続ける。

「私、美花とは長いつき合いだし。美花が家族の影響で、仕事以外では極力男の人と関わらないようにしてるのも知ってるから、つい」

詠美に深刻な顔をさせているのは、紛《まぎ》れもなく私。

私が『自分の家族の雰囲気がちょっと苦手』と、学生時代から悩みを聞いてもらっていたせい。

我が家の家族構成は、都の教育委員会委員のひとりである厳格な父と、元教員のおとなしい母。そして、品行方正《ひんこうほうせい》で優秀な有名大学准教授の兄。

私はそんな、父や兄が絶対的存在という家庭環境で育った。そういった理由から、気づけば男の人に苦手意識を持つようになっていた。

特に七歳年上の兄の前では、ずっと委縮している。頭脳明晰《ずのうめいせき》で完璧な兄を見ていると、自分はあまりにちっぽけな存在だと思い知らされて落ち込むのだ。

さらに兄は、私に対し高圧的な言動を取るものだから、より苦手意識に拍車がかかってしまった。

父はというと、兄や私が幼い頃から私たちの将来は教員の道以外はないと決めつけていたし、母はなにも言わず父に従うだけ。私は兄と違って優秀ではなかったから、子ども心に肩身の狭い思いをしてきた。

知らないうちに俯いていた私の顔を、詠美は心配そうに覗き込んでくる。

「美花？　大丈夫？　ごめん、私が悪かった。今のは忘れて」

我に返った私は、「大丈夫」と返し、一度息を吸った。そしてゆっくり吐き出すと、少し気持ちが落ちつく。

詠美と向き合い、ぽつぽつと言葉を紡ぐ。

「理由は……詳しく説明できないんだけど。言えるのは、以前オーストラリアで彼と会ったときから危険な感じはしなかった、っていうこと……かな」

詳細に伝えられないのは、その理由が彼の個人的な情報に繋がると思ったため。たとえ時間が経っていても、人の悩みを簡単に他人へ教えることはできないから、詠美には曖昧《あいまい》な回答になってしまった。

オーストラリアで出会ったときの彼は、思い詰めたように俯いて唇を噛《か》んでいた。さながら、さっきまでの私と同じように。

たった一度きり——でも、真剣に悩んでいた事柄を打ち明けられ、その相談に乗った身としては、どうしても彼を守りたいという気持ちが生まれてしまう。

「そう。……わかったよ」

詠美は少し間を置いてから、理解を示した。本当の意味ではわかってなどいないだろうに、私の気持ちを汲んでくれたのだ。

「美花は～、ほら。本当は警戒心強めじゃない。そんな美花が咄嗟にでもかばうような人なら、危険はないんでしょ。信じるよ、私も」

詠美が受け止めてくれると、心が温かくなる。

自信がない私をいつも見守って背中を押してくれる、そんな親友だ。

「ありがとう」

詠美は私のお礼に、やさしい笑顔を返してくれる。しかし、突如として厳しい顔つきで、ずいと近づいてきた。

「だけど、なにかあったときの想定は常にしておいて」

私は思わず背筋を伸ばしつつ、しどろもどろになって答えた。

「う、うん。だけど……その、まだなにも……言われてないんだけどね」

なにかあったときとか危険はないかとか、まだなにも起こっていない今、そんな心配をするのもなんだかおかしな話でちょっと恐縮する。

すると、詠美も我に返ったようで、目をぱちぱちとさせて「確かに」と言う。

そこに、一度席を外してくれていた丹生さんが声をかけてきた。

「どうするか決まった？」

「はい。お言葉に甘えることにしました。すみませんが、展望タワーまでつき合っていただけますか？　都合のつくチームの皆さんもご一緒に」

詠美がてきぱきと答えたあとは、さくさくと話が進んでいく。

「ＯＫ。あ、展望タワーに有名なハンバーガーショップあるけど、ランチはそこでみんなで食べようか」

「あ、お昼のことすっかり」

詠美の視線がこちらに向けられた。私は慌てて両手を横に振り、笑顔で返す。

「私はホテルで適当に済ませるから大丈夫だよ。戻ってきたら話聞かせてね。写真も撮ってきたら見せてね」

「俺がホテルまで付き添うよ」

続けざまに発言したのは、駿矢さん。

まさか、本当に詠美の言った通りになるなんて！

彼の提案を受け、驚きを隠せない。びっくりして数秒固まってしまったものの、平静を装う。

「いえ。近いし、タクシーを利用するので大丈夫です」

「念のため。心配だから」

私が遠慮しても彼は躊躇う素振りすらも見せず、淡々と言った。

元々断るのが苦手な性質《タチ》であるため、言葉を詰まらせ、うまく躱すことができずに困惑する。思わず詠美に目を向ければ、『ほら』と言わんばかりの表情をしていて、首を窄めてしまった。

私はゆっくり駿矢さんに向き直り、ぎこちなく頭を下げる。

「ええと……すみません……。では……よろしくお願いします」

結局彼の厚意を受け入れたのは、さっき詠美にも説明したように彼自身に危険は感じていないし、これ以上沈黙を続けるのは不自然に思えたからだ。

その後、私は詠美たちと別れ、駿矢さんが手配してくれたタクシーでホテルまで移動した。ホテルまでは十分程度で、道中はこれといって会話はなかった。

タクシーを降りる際に手を差し出され、一瞬迷った。

そもそも送ってもらわなきゃならないほどの怪我ではないのに、そこまで――。

けれども、すでに彼は車から降り、こちらに左手を伸ばしている。そんな状況でわざわざ断るのも失礼かもしれない。だったら、さっき『ホテルまで付き添う』と言われたときに、しっかり意思表示すればよかったのだから。

結果的に無下《むげ》にできるわけもなく、ちらりと彼を見上げ、そっと手を重ねる。

「すみません」と小さな声で伝えると、彼はわずかに目尻を下げた。そのふいうちの微笑《びしょう》に目を奪われる。

ぼうっとしている間に、彼は私の手を自分の腕に添えさせた。

「あ、あの、本当にそこまでの怪我じゃないので」

「だけど、こうしたほうが歩きやすいだろう？」

「それは……はい」

どうにも彼からの提案は遠慮しづらい。絶妙なフォローで助かることばかりだ。

今だって、強がってひとりで歩くには、この足の痛みはちょっと厳しい。きっと怪我をした足をかばう歩き方になってしまう。

私は彼に掴まってロビーを歩きながら、なんだか恥ずかしくて自然と目線が下がっていった。

ここは海外だから、こんなふうに男性と寄り添って歩いていたって目立つわけでもないし、知り合いと遭遇する可能性だってほぼゼロだろう。でも私には、今までこんなふうに男性にエスコートされるような場面はなかった。

　オーストラリアで生活していたときも親しくしていたのはほとんど同性だったし、どうやったって意識してしまう。

「ホテル内のレストラン、思ったより空いてるな。一緒にこのままどう？」

「え！」

『意識しすぎない』と心の中で必死に唱えていたところに、突然ランチに誘われて少々リアクションが大きくなった。

　彼は小さく短い笑い声を漏らし、柔らかな口調で話す。

「ルームサービスもそこで食べるのも、あまり変わらないと思うよ」

　それもそうだろう。もっといえば、ルームサービスのほうがメニューも選べないし、割高になるかもしれない。

　そもそも特に予定もないことを知られてしまっているから、今の私には断るためのそれらしい理由はないのだ。唯一、足の怪我が理由になりそうではあるけれど、下手に『痛みが引かないから』なんて言えば、過剰に心配されそうな気がする。

　再びそろりと彼を見上げれば、高圧的な雰囲気などはまったくなく、むしろ懇願《こんがん》とも思えるような視線を向けている。

もし私が断れば、そのがっしりとした肩を落とし、寂しそうな背中を見せて去っていくのではないかと思わせるほど。

昨日私たちが見学へ行く話になったときは、あんなにあっさりとしていたのに。

ふいに詠美の言っていたことが頭を過る。

彼にとって私が特別……？　にわかに信じがたい。仮にそうだったとしても、その理由は俗な意味合いなどなく、以前弱音を吐いた相手だからだと思う。

もしかして、あのときの悩みごとの続きがあるとか？

彼の真意が気になって、私はつい受け入れてしまう。

「では、よろしければご一緒に……いいんですか？」

すると、駿矢さんは口角を上げ、心からほっとしたように顔を綻《ほころ》ばせた。

「もちろん、いいに決まってる。だって俺から誘ったんだから」

そんなにわかりやすく喜ばれると、ますますわけがわからなくて混乱する。

どぎまぎする私に彼は終始笑顔を向け、丁重に扱ってくれた。

レストランに入店する際も、スタッフの歩調が速くて足が痛くなった私にいち早く気づき、ゆっくり歩くようお願いしてくれた。

そうして、私たちは窓際の席に着く。オーダーを終えたあと、会話が途切れた。

正面に座る彼は、ジッと私を見つめてくる。咄嗟に目線を手元に移し、避《さ》けた。

いけない。今のは感じが悪かった。いくら困ったからって、あからさますぎた。だけど、緊張して……。男性とふたりきりで食事だなんてこれまでなかったし、詠美が変なことを言うから意識しすぎる羽目に……。

「美花は今もオーストラリアに？」

質問を投げかけられ、慌てて顔を上げる。

「いえ。今は日本にいます」

「どんな仕事をしてるの？　前は自分のことばっかで聞きそびれてた」

やっぱり、ふたりきりになると彼の表情はちょっと崩れる。

「日本語教師をしています。以前はオーストラリアのジュニア・セカンダリースクールで二年間教えていたのですが、ビザの期限に合わせて帰国して、そのまま」

「教師……どうりで話を聞くのがうまいわけだ」

私は彼の反応に、慌てて謙遜《けんそん》した。

「いえ、そんな。確かに仕事と関係なくても、日頃から人の話はよく聞こうと心がけてはいますが……そのぶん自分の話をするのはあまり得意ではなくて。改善しなきゃと思い続けてはいるんですが、なかなか」

幼い頃から、兄が先回りして動いてくれていた。そのせいというわけではないけれど、気づけば私は誰かの後ろにいることに安心感を覚え、自らの口で言葉を発する行動は極端に苦手な子どもになっていた。

父と兄……特に兄はそんな私に教員になって堂々と生きていってほしがっていた。我が家は教員一家だから、進む道は当然家族と同じ道だという雰囲気はひしひしと感じていた。

今や東京都《とうきょうと》の教育委員会の委員に名を連《つら》ねる父は、自らの経歴を誇りに思っていて、もちろん私も尊敬している。若くして、有名大学の准教授にまでなっている兄についても同じ。でも、自分が同じ道を辿りたいかと考えたら、そうではなかった。

父や兄のようには、なかなかなれない。同じ教員という環境に身を置けば、必ずふたりの名前が挙がり、比べられることは目に見えている。さらには私の生活すべてが、職場の関係者によって父と兄に筒抜けになるということも。

どこにいても間接的にふたりに監視されるようなものだから。家でも外でも一切気が抜けなくなってしまう苦しさがある、とリアルに想像してしまった。

私は自分に自信がなかった。父と兄から教員として合格点をもらえる気がしなかった。それでもきっと、ふたりから理想を求められると思ったら、絶対に同職ではなく違う仕事に就《つ》きたかった。

そのためには、家族を納得させるような職じゃなきゃならない。

焦っていたところに、当時お世話になっていた教授から『日本語教師が国家資格になりそうだ』と言われ、目標が定まったのだ。

初めは難色を示していた父だったが、『登録日本語教員』が国家資格になったことにより、渋々認めてくれた。

最後まで反対していたのは兄。兄は私の身辺を探っては、進路について提言してくれた私の当時の教授や同じゼミ生などを巻き込んだりした。

かれこれ五年前のこと。それでも思い出すと胸が苦しくなるし、無性に怖くなる。

『私は自分でなにも決められない人間だ』という思いに飲み込まれそうで。

「私はなんの取り柄もないので、せめてそのくらいは」

一般教員と日本語教師とを比べ、甲乙つけるわけじゃない。どちらの立場でも生徒の話はよく聞くだろうし、そうするべきだとも思う。

ただ……もしも私が教員の道を歩んでいたとしたら。目の前の生徒と向かい合いながらも常に父と兄の影を感じてしまって、真摯《しんし》に応じられなかったかもしれない。

それが怖くて——。父と兄の呪縛から逃れたくて、この道を選んだ。

これまでの経緯を思い返すと、無意識に手に力が入り、汗ばむ。私は意識的に握りしめていた手を緩め、笑顔を作った。

「すみません。盛り上がりもしない話題を長々と」

「なんの取り柄もないだなんて言うなよ」

言下《げんか》に指摘する彼の口調は、決して厳しいものではなかった。

駿矢さんの顔を見れば、なぜか彼のほうが苦しそうな……つらそうな表情をしていて戸惑った。

「俺が美花に助けられたのは、紛れもない事実なんだから」

彼が真剣に『助けられた』だなんて言うから、反応に困る。

あの日は、たまたまあの場にいたのが私だったというだけで、別の人であった可能性もあるのに。

つまり、彼が今私に向けてくれた言葉は、また別な人に贈られるものだったかもしれない。そう考えると、なんだか素直に受け止められなかった。

ちらりと彼を窺うと、相変わらずこちらをまっすぐ見つめてくる。

駿矢さんは、ふいに微笑《ほほえ》んだ。

「美花の声や言葉が心に浸透したんだ。取り柄がないだなんて言わないでほしい」

笑顔で逃げ場をなくさせる彼は、狡《ずる》い。

そこにタイミングよく、オーダーしたものを手にしたスタッフがやってきた。ステーキプレートとサーモングリルプレートが、それぞれの前に並ぶ。

スタッフが去ってから、軽く頭を下げてぽつりと言った。

「ありがとうございます。さっき……褒めてくださって」

謙虚になりすぎるのもよくないと、オーストラリアにいた頃に学んだ。あんまりへりくだると、周囲が変な顔をする。

それでもやっぱり本質は変わらないらしく、こうやって相手の褒め言葉をすぐに受け止められないことは多い。

どうにか行きすぎる前に軌道修正できたかと思ったものの、駿矢さんからのアクションがない。そろりと視線を上げると、駿矢さんはきょとんとしていた。

今、彼がどんな気持ちでいるのか推し量れず、これ以上はどうしていいかわからない。曲がりなりにも言語を教える教師だというのに、プライベートとなると途端に語彙力もなくなるんだから笑ってしまう。

懸命《けんめい》に言葉を探していると、彼もまたなにか考え込んでいる様子だ。

そして、先に口を開いたのは駿矢さん。

「褒めるっていうか……俺にとっては、君が君でいることが特別だと、ただそう伝えたかった。当然代わりは誰もいない。君は君だけだから」

真摯な瞳に、ひと声も発せない。自分の胸がドクドクいっているのを感じているのに、まるで時が止まったみたいに目を逸らせない。

「もっと君のことを知りたいと思ってる」

彼は真剣な声でそう続けた。

生まれて初めての感覚だ。鼓動の速さも、腕も顔も、視線の先さえコントロールがきかなくなる。

彼の焦げ茶の双眼に引き込まれた矢先、逆にジッと見つめられ、たじろぐ。

この場をどう凌《しの》げばいいのか混乱していたら、くすっと笑われた。

「さあ、温かいうちに食べよう」

「は、はい」

「今日の任務を無事終えた途端、腹が減った。現役の頃だったら、レースを控えている間、もっとピリついてたな。こんなにがっつりしたものは食べてなかったかも」

なにげなくこぼした彼の話に、つい手が止まる。

現役レーサーの心境はどうやったってわかりはしない。でも、今日会場を間近で見せてもらったから、少しだけ想像はできるようになった。

あの多くの席がＦ１ファンでびっしりと埋まる中、スポンサーやファンの期待を背負って最高のパフォーマンスで魅せなければいけない。

そのプレッシャーはとても大きなものとわかる。想像するのも怖いくらい。

そういう特別な舞台に立っていた彼だから、悩みごともいろいろあっただろう。

「以前はとても細身だった記憶があります。精神的に大変で、食事も喉《のど》を通らなかったのですか？」

深く考えるよりも先に、質問していた。

もしもそれが理由だったなら……。どれほどの重圧を背負って走っていたのか、想像するだけで胸がしめつけられてしまって。

すると、駿矢さんは驚いた顔を見せた。

失礼なことを口走ったかも、と途端に焦る。

「いや。それも多少あるけど、単純にレーサーはウエイトコントロールも大事だから。重すぎるとスピードが出ない」

「あっ。そういう……」

確かに今日見たあのレース用の車って、車高が低くて車内は決して広くはなさそうだった。あまり体格がよすぎると、そこに乗り込むことも大変そうだし、今教えてもらったように、スピードも落ちてしまうんだ。

「今はまあ、健康維持のためにもしっかり食べて適度に鍛えてるってところ」

適度に……？　っていうレベルではないと思うんだけど。

つい心の中でつぶやいて、駿矢さんの身体を見る。

しっかりした首、広い肩幅。腕や胸も引きしまっていて、とても魅力的。ファッション雑誌に載っていても、なんら不思議じゃない。

無意識に彼の肉体美に見惚《みと》れていると、目がぱちっと合う。

私ってば、なにを堂々と！　それも人の身体をまじまじと！

一気に恥ずかしくなり、まともに向き合えず視線を落とす。居た堪れなくなっていたら、彼のほうからカチャッとカトラリーを置くような音がして、おもむろに顔を上げた。

刹那《せつな》――。再び駿矢さんを瞳に映す。

「『細身だった』って覚えていてくれて、すごくうれしい」

本当に不思議でならない。

どうして、そんな無垢《むく》な笑顔を私なんかに。

彼の笑顔が眩しすぎて、しばらく動転する。

ナイフとフォークのマナーは海外生活ですっかり慣れたはずなのに、いつものように食事ができなかった。

気がついたら、食事が終わっていた。

とにかく、動揺していることを気づかれないように振る舞うことに集中しすぎたみたい。

レストランを出た私は、駿矢さんに付き添われてホテルの部屋に向かう。

その途中、もう一度お礼を伝えた。

「本当にごちそうさまでした。すみません。本来なら、ここまで送ってくださったお礼に私がごちそうすべきところを。私が怪我なんてしなければ、こんなご迷惑もおかけしなかったのに」

「それは違う。美花とゆっくり話せる時間がもらえたから。怪我は心配だけど」

彼からずっと放たれる慣れない言葉のオンパレードに、やっぱり上手《じょうず》に返せない。

そうこうしているうちに、詠美と宿泊している部屋の前までやってきた。

私はほっとして、隣に立つ駿矢さんを見上げる。

この安堵《あんど》は決して彼を煙たがっているというわけではなく、慣れない緊張から解放されるというもの。

「ここなので、もう大丈夫で……えっ⁉」

別れ際の挨拶の途中、駿矢さんが突然私の両手を取った。私はパニックに陥《おちい》り、手を振り解《ほど》くこともせず硬直する。

すると彼はゆっくり上半身を屈め、耳元で低くささやく。

「キー、貸して」

吐息の感触と彼の低音ボイスが耳の奥に残って冷静さを欠く。問い質《ただ》すことすら忘れ、手にしていたキーを無言で手放すだけ。頭の中は『なに？』『どういうこと？』と疑問でいっぱいなのに、ひとつも声に出せなかった。

その間にも駿矢さんは私から奪ったキーを使い、解錠する。そして、なに食わぬ顔でドアを開けて室内に踏み込んだ。

「あっ、あの！」

声をあげた瞬間、腰に腕を巻きつけられ、引き寄せられた。ほんのわずか、ふわっと身体が浮き、気づけば一緒に部屋の中。

まさか……彼はこの瞬間を狙っていた？　食事が済んですっかり油断したところに、

こんな裏切り……！

密着した状態に危機感を覚え、両手で力いっぱい彼の胸を押しやる。……が、さっき感心した立派な身体つきの相手だ。びくともしない。

信用していたのに。詠美にも意見するくらい、あなたのこと。

気づけば涙ぐみながら、胸の内で責め立てていた。

恐怖心もあるけれど、それよりも信頼を裏切られた心境のほうが大きくて、口を真一文字に引き結んで彼を睨《にら》みつけた。

彼はこの期《ご》に及んでも私を解放せず、顔を近づけてくる。

渾身《こんしん》の力を込め、すうっと息を吸って抵抗しようとしたとき。

「シッ。なんか廊下に変なやつがいた」

「えっ」

思いがけない理由を言われ、一気に力が抜け落ちる。

「ときどきホテルの客室にも現れる。金品目的のやつらが。女性ひとりだと余計に狙われやすい」

駿矢さんを見れば、嘘《うそ》をついているようには思えない。

私は自分で信用したはずの彼を、咄嗟のことだったとはいえ疑ったことを恥じた。

「ごめんなさい。私、全然気づかなくて」

並んで歩いていた駿矢さんにばかり気がいって、周囲を気にする余裕がなかった。

「いや、こっちこそ。なるべく自然に振る舞って俺も同室だと思わせようとして、つい女性の部屋に無断で……。配慮が欠けていた。ごめん」

「いえ！　こちらこそ、過剰に意識してしまったといいますか……すみません」

顔から火が出るほど恥ずかしい。

それにしても、私を守るためのことなのにあんなに申し訳なさそうに謝るなんて。

私は自分の身の安全が守られたことよりも、駿矢さんが悪事を働く人ではなかったことに安堵していた。

「もしなにか企んでいるやつだとすれば、昼間は観光に出てて人が少ないと思ってうろついてたのかもな。念のため、数十分ここに滞在して出ていくよ。いい？」

「なにからなにまで、ありがとうございます。でしたら、どうぞこの椅子《いす》に」

私は部屋の中ほどに設置されていた椅子を、彼のほうへ移動させる。

「全然。むしろ、うれしい。ずっと美花にお礼をしたいと思い続けてきたから」

駿矢さんは椅子に腰をかけ、こちらを見上げてそう言った。

私はその場で両手を重ね、伏し目がちになりながら答える。

「さっきも私に『助けられた』と、そう言ってくれましたよね。そのお気持ちはとてもうれしいですが、お礼をされるほどのことは……。どうかお気遣いなく」

私は本当にただ話を聞いただけなのに、気が引けてしまう。きっと、駿矢さんの中で数年前の出来事が美化されているんだ。

彼は目を瞬かせ、くすっと笑う。

「ああ、ごめん。そんなふうに思ってくれてるところ悪いんだけど、お礼したいって気持ちだけじゃないから、俺」

先が気になる言い方に、再び彼と向き合う。彼はさっきまでの柔らかな表情から変化して、真剣な面持ちになっていた。

どちらかというと、こういう凛々しい雰囲気が素だと思っていた。詠美や丹生さんたちと一緒にいるときの駿矢さんは、ずっとこんなクールな感じ。なのに、目の前の彼はなぜだかまたそれとは違う気がする。

クールどころか、熱いものを秘めて、まっすぐな……。

駿矢さんの魅惑的な瞳に意識を引き込まれていると、彼が言った。

「下心がある」

下心……って言ったの？　私に対する『下心』なんて、どんな――。

心の中で考えていたらふいに左手を引っ張られ、瞬く間に彼との距離が近くなる。

「え、な、なにっ？」

駿矢さんは私の左手を見ながら、ぶつぶつとつぶやく。

「指輪はしてない。ピアスは……してるからアレルギーじゃない。つまり、結婚はしていない？」

最後は私に問いかけ、視線で捕らえられた。

彼の指先が耳朶《じだ》に触れた途端、耳も頬も熱くなる。ふと自分が駿矢さんの長い足の間に立っていて、完全に彼のテリトリー内にいることに気がついた。

別に拘束《こうそく》されているわけじゃないのに、身体が嘘みたいに硬直して視線さえ動かせない。

他人と物理的に近い距離になるシチュエーションは、初めてではない。オーストラリアでは、アパートの大家のおばさんとの挨拶はいつもハグしていた。けれども、異性とのハグの経験はない。男性と腕を組んだり、手を掴まれたりなんて、兄以外では初めてだ。

もっといえば、大人になってから耳に触れられるだなんて、さすがに兄でもない。

駿矢さんが全部初めて。

「……してません」

「恋人は？」

駿矢さんからの追加の質問に、私はやっとの思いで首を小さく横に振る。

彼に触れられている手が脈を打つような錯覚をするほど、ドキドキしている。仕事で初めての生徒と会う直前よりも、緊張している。

すると、急に駿矢さんが「はー」と息を吐いた。おろおろするしかない私は、ただ彼の動向を窺うだけ。

「よかった」

心からほっとした表情を浮かべ、私に微笑みかけた。途端に言い表せない感情が胸の中を巡る。

私は無意識に前髪を触り、それを利用して彼を視界から遮った。

いくら私が恋愛経験ゼロだって、薄々わかる。これは、いわゆるアプローチをされているというものでは……。信じられない展開だけど、そうとしか考えられない。

待って。でも彼ははっきりと告白してきたわけでもないのに、なにを私は先走って……。そうはいっても、こんな状況さえ初めてのことで、どうしたらいいのか。

不得意分野をぐるぐると頭に巡らせていると、駿矢さんは私をさらに引き寄せ、自分の左膝に座らせた。

まるでお父さんの膝の上に乗る子どもみたいな体勢に、羞恥心が溢《あふ》れ出る。

「あ……っ、あああ、あの」

もはや言葉がどうのではなく、口が回らない。

足は怪我もあって力も入らなく、それ以前にもはや駿矢さんの腕に支えられて保っている姿勢なだけに、どうにも自由がきかない。

「美花……俺、本当に君に会いたかったんだ」

そう告げられ、ぶれない言葉と瞳に心が揺さぶられた。

やっぱり、仕事で緊張するときとは別物の心音だ。高揚にも似たリズミカルな鼓動と、手の先まで体温の上昇を感じる。

この人は、どうしてそういう目を離せなくなるような表情をするの。大人の色っぽさを残しながら、どこか学生の頃みたいな怖いほどまっすぐな情熱を滲ませて……。

危ういくらいに〝今この場に夢中で余裕がない〟といった、ひたむきな――。

F1レーサーについて知識はないけれど、彼はとても人気があったに違いない。

人を惹きつける魅力を持っている。大勢の中にいたら埋もれるような地味な私には、彼の引力に抗えない。

駿矢さんが、突然右手をスッと私の顎に添えた。

彼が視線を送る先は、私の唇。

実際に唇に触れられているわけでもないのに、途端に様々な感情が入り乱れる。

焦り、恥ずかしさ、緊張、戸惑い。

心臓がこれ以上ないほど早鐘を打っている。

私は瞬きもできず、ただ彼を見つめた。

流されつつも、理性も微かに残っていて、さっきから『どうしよう』『どうすべきか』って頭の中が騒がしい。しかし、当然私の中にこういった状況に陥った際の答えなどあるはずもない。

その間にも彼はゆっくり顔を近づけてきた。スローモーションに見えるのに、私は逃れようとも抵抗しようともせず、ただ彼の妖艶《ようえん》な眼差《まなざ》しに意識を持っていかれる。

鼻先が触れる直前までどこか他人事のようで、映画のワンシーンを俯瞰《ふかん》で眺めている感覚に陥っていた。

「……ん」

柔らかで温かな唇の感触は紛れもなく現実《リアル》。

逃げようと思えばいくらでも逃げられた。

きっと、彼もそういう配慮から私を力で押さえつけたりせず、あえてゆっくりとした間を取りつつ距離を詰めてきたのだと思う。

それでも避けなかった私は、心の片隅で欲求に駆られたのだろう。

情熱的な瞳を前にして、その熱に酔わされてみたい、と。

ずっと、自分の存在意義を確立してこられなかったから。

私は自信を持てぬまま大人になった。

家族は厳しい目で私のすべてをジャッジする。それが当たり前だと思っているから、周囲からのやさしい言葉はすべて社交辞令としか受け取れず、自分ですらも自分を認めてあげられない。

こんな私を『知りたい』だなんて……。

これほどまでにまっすぐ情熱をぶつけられたことは、今までなかった。

だから、〝彼の瞳に映る私だけ、本気で必要とされている〟……そんなふうに思ってしまった。

ぼんやりとした思考のまま、彼と見つめ合う。そして、微笑みかけられた瞬間、我に返った。

私は勢いよく立ち上がり、足が床に接地した途端、忘れていた痛みを思い出す。

「いっ……っ」

「なにして……！　ほら、ここに座って。足を見せて」

痛くて声を漏らすと同時に、駿矢さんが慌てて席を立ち、私をそこに座らせた。今度はさっきと位置が逆だ。

私は目の前に跪く駿矢さんの旋毛《つむじ》を見る。

「闇雲に立ち上がれば悪化するだろ。気をつけないと」

駿矢さんは私の左足に触れながら言った。

少し厳しい口調だったものの、私を心配してくれてるのだと思うと怖くはなかった。

とはいえ、さっきの出来事が……キスの感触が忘れられず、心臓はバクバクしたまま落ちつかない。

「……だって。あんな体勢のままいられないです」

彼の頭のてっぺんに、ぽつりとこぼす。瞬時に顔を上げられて、ドキリとした。

駿矢さんは予想外にも、ばつが悪そうな表情を見せる。

「あ……そうか。俺のせいか。悪い。足の痛み、ひどくなってないか？」

そう言われたら駿矢さんのせいではあるけれど、決して責めようとしたわけではなかった。だから、本当は足がズキズキ痛むのを隠して、なんでもないふりをした。

「平気です」

駿矢さんは、私が『平気』と伝えたのにまだ足首を確認している。ほんの少し動かされた拍子に、「痛っ」と声をあげてしまった。

「やっぱり、まだ痛むんだろ？　美花は心配かけたくないと、うまくもない嘘をつくんだな。覚えておこう」

苦笑する駿矢さんは、すっくと立ち、部屋のキーを手にドアへ向かう。

「ちょっと待ってて。誰か来ても、絶対ドアを開けるなよ」

キーを揺らし、私に注意を促《うなが》すと部屋から出ていってしまった。

ひとりきりになった私は、いまだに現状に頭がついていかず、茫然とした。

「どういうこと……」

思わずつぶやいてしまうほど、理解が追いつかない。

駿矢さんが、私を？　ううん。彼は私を『好き』とは言っていない。ただ『会いたかった』と繰り返していただけ。

キス……は、外国では挨拶の一種だ。でも、基本的によっぽど親しい相手にしか挨拶のキスはしないし、したとしても頬なわけで……。

無意識に自分の唇に指を添える。

やさしいキスだった。慈《いつく》しむように、そっと触れるだけのキス。

そこまで回想し、急に恥ずかしくなった私は、無言で思いきり頭を横に振った。動きを止めたあとに自分の太ももが視界に入り、またもやさっきのことを思い出す。

当然、男性の膝の上に座るだなんてことも初めてだった。

駿矢さんは足も筋肉質で、私が座ってもびくともせずたくましかった。

胸の奥がきゅうっとしめつけられるのを感じたとき、ドアが開いた。

もちろん、やってきたのは駿矢さん。

「待たせた。これ、もらってきたから」

彼の手にあるのはビニール袋に入った氷だ。

「ごめんなさい。わざわざ」

「怪我は早めの処置が肝心。さっき医務室で湿布は貼ったから、冷やすくらいしかできないけどな」

駿矢さんは自分のハンカチを出し、氷の入ったビニール袋を包んで患部を冷やしてくれる。

「あの、自分でできますから」

「いいよ。どうせ俺はもう少しここにいるんだから、甘えとけ」

上から見下ろした彼の顔は、どこか楽しそうでそれ以上は食い下がれなかった。

親身にされればされるほど、モヤモヤと答えの出ない疑問や感情が膨《ふく》らんでいく。

「なぜ、キスを」

静寂の中、口からついて出た疑問。

このまま問い質さず、数十分後になにもなかったかのごとく別れ、帰国してうやむやにしてしまおうかと迷っていた。だけど、そうしてしまうと、帰国したあともずっと、今日のことを忘れられず囚われ続けそうな気がした。

なにしろ、私にとって初めてのキスだったのだから。

勇気を出して彼から目を逸らさず、答えを待つ。駿矢さんは、きょとんとした顔で私を見上げた。

彼の表情の意図するところは私には汲み取れない。

おかしな質問をしてしまった？　もしかしたら、世間の女性ならなにか伝わっていたことを私は受け取れていなかっただけなのかも……。経験のなさから不安になる。

すると、駿矢さんがついに動いた。

氷をサイドテーブルによけ、再び膝を折って目線を合わせると、私の両手を握る。

「好きだから」

やさしい瞳で見つめて言われ、瞬く間に頬が熱くなり混乱する。

好き？　私のことが？　数回しか会っていないのに？

次々と新たな質問が浮かぶも、パニックになっていて言葉にならない。

仕事の打ち合わせのときや授業の前に、今でも必ずしている深呼吸と、『落ちついて』という自分へのかけ声を心の中で繰り返す。

仮に、彼の言葉が本物だったとして。恋人同士の私たちを想像できない。

こんなの、やっぱり現実的じゃない。

「私はそういう、刹那的な関係は……。キ、キスを受け入れておいて、今さらって思うかもしれませんが」

たどたどしいながらも、なんとか断りの意思を告げた。

駿矢さんは、あっけらかんとして言う。

「ああ、そうだった。自分の気持ちは丁寧に伝えないとだめなんだったな」

「え？　あっ」

彼は片膝をついた体勢で、私の右手の甲に唇を落とした。ゆっくりと唇を離し、手を取ったまま上目で私を見る。

「俺のこの感情は、刹那的どころか恒久的なもの。今夜だけ……だなんて考えは毛頭ない。美花に会いたくて、会ったらずっと抱えていた想いが一気に溢れ出た。だからキスをした。結婚も本気で考えてる」

歯の浮くようなセリフの羅列《られつ》。それにもかかわらず、照れる暇もない。もうずっと、頭も気持ちもついていっていないことだけわかる。

「け、結婚って」

「まずは俺とつき合って。恋人になってほしい」

かろうじて言葉を返せば、真剣な目と声で懇願される。からかわれているわけではないとわかった。本気だからこそ戸惑いも大きく、適当にあしらうなんてできない。もっとも、経験値のない私には、あしらうだなんてそんな芸当もできるわけがないのだけれど。

駿矢さんは、私の答えを待っている。

私は俯いたまま、苦し紛れに口走った。

「え……っと、その……か、考えさせてください!」

点数をつけるなら、零点の回答だ。

こういうところ。いざというときの判断力が乏しいって、昔から兄にも散々注意されてきた。どうして私はいつまでも、こんな感じなの。

どうにか補足しようと顔を上げるも、フォローの言葉が浮かばない。

駿矢さんだって、半端な答えに困っているだろう。

私も彼も、ここで会えたのは偶然で、明日にはまた離れ離れになるのだ。それなのに、今ここではっきり断れない自分に浅ましさを感じて自己嫌悪に陥る。

……だけど、こんなふうに真正面から想いを告げられるのは、初めてだったから。自分を見てもらえる喜びや、私が誰かの興味の対象になれるんだって思って、舞い上がってしまった。

単純で浅はかな感情に初めて直面し、恥ずかしさを覚えた。そのとき。

「わかった」

信じられない返答に、唖然《あぜん》とした。

駿矢さんは驚き固まる私を見て、おかしそうに「ふっ」と笑う。

「なに？　そんな驚いた顔して。考えさせてほしいんだろう？」

「え……。は、はい……」

「じゃ、連絡先だけ交換してくれる？」

あまりに簡単に受け入れられて、拍子抜けしてしまう。

駿矢さんがスマートフォンを取り出したのを見て、急いで私もバッグに手を伸ばし、スマートフォンを出す。

二次元コードで連絡先を交換すると、駿矢さんがディスプレイを見て言った。

「これ、プロフィールにあるやつは美花のホームページ？」

「あ、それは」

「美花は今、フリーランスで働いてるのか」

こちらが答えるよりも先に、ホームページを確認したらしい。私が用意した仕事用のホームページを真剣にスクロールして見ている。

「はい。なんとかそれで生計を立てています」

個人も法人もこだわらず、依頼内容とスケジュールに応えられそうなものはなるべくすべて請け負っている。最近では契約継続してくれる企業もあったりして、やりがいを見出しているところだった。

「そう。すごいな」

駿矢さんはホームページに目を落としながらつぶやいた。

なんともいえない照れくささを感じていたとき、手に持っていたスマートフォンに通知が来る。そこまで大きな通知音でもないのに、小さく肩を揺らしてしまった。

「あっ、詠美からです。もうすぐ帰ってくるみたい」

送られてきたメッセージには、数人で楽しそうにしている写真も添付されていた。

私は笑顔の詠美を見て、自然と頬が緩んだ。

「なら、そろそろ俺は行くよ」

スマートフォンをポケットにしまう駿矢さんに、私は深くお辞儀《じぎ》をする。

「いろいろとありがとうございました」

姿勢を戻すと、駿矢さんがわずかに口角を上げ、私の頭にぽんと手を乗せる。

「俺が部屋を出たあと鍵はすぐかけて。お大事に」

「はい」

そうしてドア付近まで駿矢さんを見送る。

彼はドアノブに手をかけてから、顔だけこちらを振り返った。

「また連絡する」

そう言い残して、部屋をあとにしていった。

私は言いつけ通りにすぐ鍵をかけ、痛めた足に気をつけてゆっくりと部屋へ戻る。

サイドテーブルに置かれた氷のビニール袋を見て、心音が少しだけ速くなった。

2. 答えを聞かせて

十二月も半ばに差しかかった、ある日。夜に自宅でノートパソコンを開くと、ホームページの問い合わせボックスの新着メールに気づく。

「新規の仕事かな」

マウスを動かし内容を確認すると、外国人の社員向け講義の依頼だった。

希望は一月末頃から数か月間……。数か月も安定してお仕事をもらえるのは正直とてもありがたい。

末尾まで読み進め、さっそく返信文を作成する。まずはリモートでもいいから直接話をしたい旨《むね》を記載し、返信した。

ラスベガス旅行は、予定通りあの翌日に現地をあとにした。

駿矢さんとも、あのまま。

キャビネットの引き出しをそっと開け、綺麗に折りたたんだ紳士用のハンカチを見つめる。

詠美にも誰にも、駿矢さんとの出来事は相談できずにいる。

理由のひとつは、恋愛相談なんてしたこともないため。ふたつめが、たぶんもっとも大きな理由で、自分の気持ちがよくわからなかったためだ。

そうして結局日本へ戻ったあとも、ときどき駿矢さんの連絡先を眺めるだけで、自分から連絡はできなかった。

罪悪感はあった。後先考えずに『考えさせてください』と言い、彼が連絡先の交換で納得してくれたのに、こちらからメッセージの一本も入れていない。

でも、駿矢さんからもなんの音沙汰《おとさた》もなかった。

私はその事実に自分のことを棚に上げ、時間が過ぎていくのを静かに待っていた。

今日はクリスマスイブ。

平日だけど、やっぱり外を歩けばいつもよりも人出が多く感じられる。

この間の問い合わせ先からは、可能なら年内に直接会う形で挨拶とともに改めて依頼内容の説明をさせてほしいとメールで連絡が来ていた。そして、その約束は今日。

依頼のあった会社での対面となっていたので、私は約束の時間に合わせ、指定の場所にやってきた。

オフィスビルに入る前に、もう一度メールでの詳細をチェックする。

日時に間違いはない。場所は二十一階、応接室A。

私はオフィスに足を踏み入れ、インフォメーションで受付をし、エレベーターで二十一階を目指す。

大きなオフィス……。そうだよね。ここは大手自動車メーカー系列だもの。

今回、ホームページを通して仕事の依頼をくれたのは、国内の自動車部品メーカーだった。

上昇していくランプの表示を見上げながら、頭に浮かんだのは元レーサーの駿矢さんのこと。

彼と会ったすぐあとで自動車部品メーカーから仕事の依頼が来るなんて、なんていう縁だろう。なにもなくとも彼のことを思い出さない日はないのに、彼に関連する自動車関係の会社と密に関わることになれば、記憶が薄れる日が遠のきそう。

二十一階に到着したことを知らせる音で、我に返る。私は右手を胸に当て、気を引きしめ直した。

エレベーターの扉が開き、降りようとしたら女性スタッフが待機していた。

「森野辺様ですね。お待ちしておりました。どうぞこちらへ。ご案内いたします」

その女性に案内された私は、応接室に通されてソファにかけた。その後、お茶を出していただいて、会釈《えしゃく》を返す。

女性が去り、ひとりきりになった途端、緊張してきた。これまでの経験上、よほどの失態をしなければ問題なく契約が成立するとは思うのだけど。

頭の中でこのあとの流れを確認していると、ドアが開く音がしてスッと立った。

後ろを振り返り、驚愕《きょうがく》する。

危うく今現れた人物を指さして、声をあげるところだ。

「ご無沙汰しております。森野辺さん」

ニコリと爽やかな笑顔でそこにいたのは、スーツ姿の駿矢さんだった。

取《と》り繕《つくろ》えないほど心の底から驚いて、固まってしまう。

一瞬似た人かと思ったけれど、間違いなく先月末に旅行先で出会った駿矢さんだ。

その長身、スーツの上からでもわかる筋肉質な身体つき、そして色気のある低い声。

どれもまだ記憶に新しい。

第一、目の前の彼が駿矢さんでないのなら、『初めまして』と言うだろう。というか『ご無沙汰』だなんて挨拶をするほどの期間は空いていない気もするけれど……。

大きく動揺し戸惑っていると、駿矢さんは私を見てニッと口の端を上げる。

彼の表情を見て、なんとなく私を驚かせようとしていたのではないかと感じた。

つまり、駿矢さんは私が今日ここに来るとわかっていたということ？　じゃなければ、彼も私と同様に驚くはずだもの。

見るからに余裕綽々《しゃくしゃく》な彼を見て、ますますそうとしか思えなくなる。

そうして忙しなく脳内で推察を繰り広げたのち、はっとする。

もしやラスベガスで最後に会ったあのとき、私が半端な返事をしたにもかかわらず、あっさり承諾したわけは……。あの時点で日本に来る予定が組まれていたから!?

つい数分前は気持ちを整えてここにいたのに。一瞬で崩され、パニック状態。仕事に集中しなきゃならないのに、どうしても駿矢さんに気がいってしまう。

駿矢さんから目を離せずにいると、彼の後ろにいた四十代くらいの男性が名刺を差し出してきた。

「初めまして。わたくし、『プレシジョンズモーター社』総務人事課の水波《みずなみ》と申します。メールでの急な依頼にもかかわらず、お返事くださりありがとうございました。ご足労をおかけして申し訳ございません」

「いえ！　私は日本語教師をしております森野辺美花と申します。このたびは、お声がけくださり心より感謝申し上げます」

ようやく駿矢さんから視線を外し、なんとか営業モードに切り替える。

私もふたりへ名刺を渡すと、水波さんが駿矢さんを紹介し始めた。

「おふたりは知人とのことですでにご存じとは思いますが、こちらはうちの親会社のほうのドイツ支社からただいま来日しております、ドイツ支社専務の佐光です。佐光は年に何度か弊社《へいしゃ》に来て、工場を見て回ったりしているんですよ」

「そう、なんですか」

心ここにあらず状態の返事をしてしまったかもしれない。だけど、『やっぱり本人だ』と驚く気持ちが大きすぎて、すぐにはこの事実を受け入れられない。

「ああ、どうぞおかけください」

「は、はい。失礼します……」

茫然と立っていると水波さんに促され、私はソファに腰を下ろした。

ふたりも向かい側のソファにかける。そこに、先ほどの女性スタッフがやってきてふたり分のお茶を出し、速やかに退室していった。

水波さんは、にこやかに話し出す。

「今回は佐光から森野辺さんを紹介されまして。とても信頼のできる方だということで話を伺っております」

駿矢さんから紹介……!?　どういうこと？

思わずちらりと視線を彼に向けてしまう。しかし、彼は変わらず涼しい顔でお茶を口に運んでいる。

「そういう流れの中、ちょうど本日、佐光も都合がついたので同席させていただいたということなんです」

水波さんに笑顔を返すだけで精いっぱい。まだ頭の中がとっ散らかっていて、なにも言えない。

「弊社の社員の三割が海外からやってきた社員なのですが、今後いろいろな観点から、さらに一割程度そのような社員を増やす予定でして」

水波さんの声ではっとして、駿矢さんから水波さんへと目線を移す。

どうにか気持ちを切り替えないと。聞きたいことは山ほどあるけれど、まずは目の前の仕事に集中しなくちゃ。

私はあえて視界から駿矢さんを外し、水波さんに注目する。

「個人での作業が中心の仕事ではありますが、やはり社員同士のコミュニケーションは必須だと。そこで、森野辺さんに日本語の講義をお願いした次第です」

「確かに、社内の関係性がよくなれば自然と作業効率の向上にも繋がりそうですね」

「ええ。それに、入社後無償で日本語の勉強ができるとなれば、求人広告を出す際に目に留まりやすいんですよ」

手厚い待遇は入社希望者の増加に繋がる。会社も採用される側の人にも喜ばれるのなら、迷う余地はない。

「私でよければ、ぜひお力になりたいと思っております」

「そうですか！　よかった」

水波さんがわかりやすく喜んで、目を細めた。

それから、諸々話を詰めて小一時間経った。

その間、駿矢さんはというと、基本的には私たちの話を聞いていただけだった。考えてみたら、厳密には彼はここの社に籍を置いていないのだから、余計な口を挟むべきではないと考えてのことなのかもしれない。

「では、本日擦り合わせた内容をまとめた書類と契約書を、近日中にわたしのほうから送付いたしますね。数日お時間をいただけたらと思います」

水波さんに言われた私は、深くお辞儀をした。

「はい。よろしくお願いいたします」

今日の打ち合わせは終わりといった雰囲気の流れで、全員立ち上がる。

水波さんが先にドアへ歩みを進めた。私も忘れ物がないか確認をして、水波さんのあとを追いかけようとしたとき。

「森野辺さん、もう少しお時間はありますか？　あ、水波さんはお気遣いなく、仕事にお戻りください」

ほとんど黙っていた駿矢さんが突然私を呼び止める。さらに、水波さんに向かって笑顔で退席してもいいと促すものだから、私は狼狽えた。

「承知いたしました。それでは、わたしはお先に失礼いたします」

水波さんはニコリと笑ってこちらに一礼する。それから彼は退室し、私はドアが閉まっていくのをなんともいえない気持ちで見ていた。

室内にふたりきりになり、意を決して駿矢さんに向き直る。

「本当に驚きました。今回の案件、駿矢さんがきっかけだったなんて。……というか、なぜ日本に？　あちらのお仕事はどうなさったんですか？」

めずらしく矢継《やつ》ぎ早《ばや》に質問を投げかけた。

全部打ち合わせ中ずっと気になっていたことではある。だけど、それよりも気まずさのほうが大きくて。それをごまかすために捲《まく》し立《た》てるようになってしまった。

駿矢さんはエスコートするかのごとく私の手を取り、再びソファに座らせる。そして、彼も向かい側に着席すると、優雅に足を組んでやっと回答した。

「ここは俺のいる会社から見ると子会社にあたるんだ。で、オフシーズンになれば視察に来るのがお決まりっていう感じでね。車にとって部品は大事だから」

「オフシーズン？」

「ああ、レースのだよ。俺が関わってるチームが参戦するレースは、大体十二月から三月頃までないから。といっても、それ以外の仕事はあるけどな」

「そうだったんですか……」

それにしても、まさかこんなに簡単にまた再会できるなんて思わなかった。まだどこか信じがたい感覚が拭えない。

彼は組んだ手を膝に添え、私を見据える。

「で、そろそろ考えはまとまった？」

私は目を大きく見開いた。

今日は駿矢さんとの思いがけない再会にびっくりして、それでもなんとか仕事の話を進めた。

そんな状況だったから、束の間〝あの約束〟を失念していたことに気づく。

「あれから約一か月。考えるには十分な時間だったと思うけど」

前屈みになり、上目でこちらをジッと見てくる。

なぜだろう。駿矢さんとふたりでいると、緊張とはまた別の動悸がする。平常心でいられない。

そのとき、駿矢さんのスマートフォンが鳴る。私はビクッとして背筋を伸ばした。

駿矢さんが内ポケットからスマートフォンを取り出すと、ディスプレイに目を落として軽く息を吐く。

「はあ。こっちに来れば、少しは楽できると思ったのに」

彼は小声でぼやくと、私にひとこと断って通話に応答し始めた。

すごく迷ったけれど、私はこの隙にお暇《いとま》しようと立ち上がった。

「お仕事の邪魔になりそうなので、私はこれで」

電話の相手に聞こえないくらいの声でそう伝え、会釈をして踵《きびす》を返す。そそくさとドアへ向かったら、ふいに後ろから片腕を鎖骨のあたりに回された。次の瞬間、彼に引き寄せられて拘束される。

「ああ、それでＯＫ。問題ない。あとは丹生に任せる。よろしく」

彼のセクシーな低音ボイスが、背中からダイレクトに響く。

言葉を発するちょっとした息遣いも頭上に感じられて気が気じゃない。

「じゃあ切るぞ」

思いのほか早く通話が終わってしまい、気まずい気持ちで立ち尽くす。駿矢さんは通話を終えても腕を私に絡ませ、離してくれない。

「逃げようとしたな？」

ひとこと投げかけられた言葉に、ギクリとして小さく肩を上げる。

私は完全に固まって、か細い声で謝った。

「ご、ごめんなさ……」

言い終える前、後ろから顔を覗き込まれた。その拍子に視線がぶつかる。

彼のこの自信に満ちたまっすぐな瞳は危険だ。自分が逃れられなくなるって、もう気づいてる。

相変わらず動けずにいる私の頬に、駿矢さんは軽くキスを落とす。

さすがに反射的に身体が動き、彼の手から離れた。

「な、なにして……っ。ここ、日本ですよ！」

そんな反論しか言えないからか、彼は悪びれもせず口元に笑みをたたえながら、ゆっくり歩み寄ってくる。

そして、すらりとした腕を伸ばし、私の唇に指先を置いた。

「知ってる。一応我慢したつもり」

表面的には爽やかに見せているけれど、裏ではよくないことを考えていそうな笑顔にドキッとする。

駿矢さんは、直立不動の私の顔に影を落とし、密やかにささやく。

「気を取り直して――。この間の答えを聞かせて」

完全に逃げ場のない状態で、私はあの日、咄嗟に答えを保留にしたのをひどく後悔していた。

3．勝利の女神

「はあ」

洗顔を終えた私は、鏡の中の自分と向き合い、ため息をつく。

もう何度目かのため息。昨日から数えきれないほど勝手にこぼれ出てきてしまう。

けれども、このため息の原因は憂鬱《ゆううつ》とは違う。どちらかというと、戸惑いと緊張が占めている。

理由はもちろん、昨日の一件。

『答えを聞かせて』と詰め寄られ、私はこの期に及んでなにも返せなかった。

すると、駿矢さんはこう言ったのだ。

『じゃ、答えの延長を許す代わりに、明日一日つき合って』と。

『明日は予定があります』とひとこと言えばよかったのに、嘘が下手な私は受け入れてしまった。もう今さらおろおろしても、仕方がない。

ラスベガスのとき、その場凌ぎでのらりくらりと躱したあとにも後悔したじゃない。

結局、帰国したあともずっと引きずって気にして……。自業自得だ。

今日は、心を決めて一日駿矢さんと過ごす。そして、自分の答えを出すんだ。

洗面所を出て、クローゼットに手を伸ばした。

扉を開けるもハンガーにかけた私服を眺めるだけで、すんなり選べない。

「どんな服を着るべきなの……？」

今日の誘いは仕事の延長ではない……はず。そうすると、プライベートの約束ということにはなるけれど、普段着で大丈夫なのか、はたまた正装までいかずとも、きちんとした格好を？　行き先は？　どうしよう。私、なにも確認していなかった。

こういうのが初めてとはいえ、ここまで抜けてるとは。

私は再び部屋にため息を響かせた。今度は自分に対する呆《あき》れた気持ちからのもの。

とりあえず、普段通りの服装にしよう。元々ラフな服はTシャツくらいしかないし、ここにある服から選ばなきゃならないんだから。

そうして、センタープレスパンツにタートルネックのニットを選んで袖を通す。アウターは、いつも着ている白のキルティングコートを合わせることにした。

「そうだ。これも」

キャビネットから駿矢さんのハンカチを取り、バッグに入れる。

そうして、自宅アパートを出発した。

約束は午前十一時に新宿駅《しんじゅく》付近。

約束の時間の二十分前には新宿駅に到着し、スマートフォンをチェックする。

駿矢さんはどこから来るんだろう？

今さらな疑問に気づき、スマートフォンを握りしめていると着信が来て振動した。

ディスプレイを見てギクリとする。

【今日の予定は？　家にいるのか？】

それは兄からのメッセージ。

私の兄、森野辺修《おさむ》は〝誰から見ても自慢の兄〟――と受け止められる。私だって、客観的に見たら同意見。でも、私は兄が苦手だった。

素晴らしければ素晴らしいほど遠い存在に感じ、近づかれると怖い。こういった感情を〝畏怖《いふ》〟と表現するのだろう。

兄は用事がなくても頻繁にメッセージを送ってくる。

暗黙のルールで返信は絶対即日中に。間違っても日をまたいではいけない。

大学生の頃、初めてゼミの新歓に参加したときに、慣れない飲み会に疲れて返信を怠り、しまいに帰り際には充電も切れてどうにもできなかったことがあった。

すると、すでに家を出てひとり暮らしをしていたはずの兄が、実家で私の帰宅を待っていたのだ。

兄はひどく怒っていたけれど誠心誠意謝り、どうにか許してもらった。

しかし、その後スマートフォンを充電して、ひとりぎょっとした。兄の着信履歴の山は尋常ではなく、驚きを隠せなかった。

以降、私はそれまで以上に兄の前ではいろいろと気を張って過ごしている。

【ごめんなさい。今日は】

そこまで文字を入力して、手が止まる。

【予定があります。帰宅時間はまだはっきりとわからないの】

〝誰と〟を伝えるか否か、迷った。

抽象的に〝友達〟とか〝知り合い〟とか言ったら、逆に質問攻めに遭いそうだし。

〝仕事〟というのも、終わりの時間がわからないことに不審がられても困るから。

念入りに文面のチェックをして送信するとスマートフォンをバッグに押し込んだ。

海外にいたときは、もっと連絡の頻度が高かった。今はもう日本にいて、兄と同じ東京に住んでいるからか、安心しているのかもしれない。

心配……してくれているんだ。私がいつまでも頼りないから。

心の中で小さくつぶやき、下唇をきゅっと噛む。

モヤモヤした気持ちが募《つの》る。事実を伝えなかったのもそうだけど、家族に対してそんなふうに感じてしまう自分についても苦しさを覚えた。

よく話を聞いてくれる詠美は、頻《しき》りに『美花が気にすることはなにひとつない』って言ってくれるのに……。いつまでも同じことを繰り返していると、頭ではわかっているのに。

「美花！」

心が翳《かげ》っていたときに名前をどこからか呼ばれ、我に返る。慌ててあたりをキョロキョロ見回しても、駿矢さんの姿が見当たらない。

「美花、こっち！」

今度は声のした方向がわかり、そちら側に焦点を当て彼を見つけた。途端に、目を見開く。

「えっ」

そこにあるのは、かっこいいスポーツカー。そして、彼は運転席に座っていた。

助手席の窓が開いていて、そこから私を呼んでいたみたいだ。

まさか車でやってくるとは想像しなかった。

私が唖然としている間にも車のそばを歩く多くの人たちは、駿矢さんの車を横目に見ている。艶《つや》のあるボディはメタリックグレーとでもいえばいいのか、ほかの車で見たようなグレーとは違っていて目を引く車だからだろう。

茫然としていると駿矢さんが手招きしているのに気づき、慌てて駆け寄る。

「乗って」

「あっ、はい」

見るからに高そうな車と思うと、ドアハンドルに手をかけるのも緊張する。私は「失礼します」と断ってから、慎重にシートに座った。

瞬間、初めての感覚に驚く。

わあ、なに？　これ……。座り心地が違う。太ももから頭にかけて、身体にフィットするっていうか。クッション性もいい感じ。車内もなんか……一般的な車とはいろいろ変わっている部分がある気がする。速度メーター？　というのか、メーター部分の種類が多いし、ギアも……あ。これって、マニュアル車かも。

ペーパードライバーの私にとって、車の知識はそこまで深くない。それでも、初めて見たものやめずらしい部分には気づけた。

シートベルトをしめてから、駿矢さんに問いかける。

「車……どうしたんですか？　レンタカーですか？」

彼はドイツ居住だと知っているから、疑問に思った。

駿矢さんは慣れた手つきでギアやハンドルを操作し、車を動かしながら答える。

「これは俺の車。プレシジョンズモーター社の長期保管サービスを利用してる」

「長期保管……へえ。そういうサービスがあるんですね。知りませんでした」

「メンテナンスもしてくれるから安心なんだ」

それは便利だけど、そういったサービスだと維持費が高額そう。……なんて、余計なお世話な感想は胸にとどめる。

ひと呼吸置いて、ハンドルを握る駿矢さんの姿を横目に見て口を開く。

「やっぱり運転がお好きなんですね」

これは私の個人的な考え方で、特殊な職業に就いている人は特に、『好き』な気持ちが強く、『好き』がきっかけだという人がほとんどだと思っている。

かくいう私も、家族とは別の道に進みたいという邪《よこしま》な動機は確かにあったものの、海外の人へ日本語を教える仕事に興味があったのだと、あとから実感していた。

日本語の美しさに惹かれたし、海外の人とコミュニケーションを取るためのツールのひとつである英語も、勉強していて楽しかった。

あとづけだと言われたとしても、自分自身がそう思えていればそれでいい。

前方の信号機が赤に変わる。余裕のある停止の仕方に彼の人柄を感じられた。

停車した途端、彼が顔をこちらに向ける。

「好き。それも美花のおかげ」

駿矢さんは目尻に小さな皺《しわ》を作り、唇にやさしい弧を描く。

ふいうちは困る。いや。駿矢さんはこれまでずっと、ふいうちばかりだったかも。

端正《たんせい》な顔立ちに加え、キリッとした佇《たたず》まいが目を引く。そう思っていた人が、ときどき今みたいに相好《そうこう》を崩すと、こんなに威力があるものなのだと改めてわかった。ドキドキして、見る見るうちに心拍数が上がっていく。

私はどうにか平静を装って返す。

「まさか。どうしてそんなことを」

なぜ私のおかげに結びつくのか、まったくピンと来ないもの。

すると、駿矢さんは笑顔のまま再び前を向いて運転を再開し、そのあとも流暢《りゅうちょう》に会話を続ける。

「俺、美花と出会った頃はレースの楽しさは二の次で、結果ばかりに囚われていたから。あの頃の俺はマシンに乗ることが好きだなんて感情、忘れてたんだ」

穏やかな口調で語られる、思いも寄らない過去に、思わず彼の横顔を凝視《ぎょうし》した。

「けど、美花に会った年のレースは、終盤に向かうにつれ成績は右肩上がり。で、翌年には優勝」

「ゆ……っ？　それはすごいことですよね？」

一か月前、練習見学とはいえ、会場でリアルなレースを目の当たりにしたから、よりいっそうイメージが鮮明に浮かぶ。

多くの車がものすごいスピードで駆け抜ける中で、トップを走っていたということ。それはきっととても難しく、天性の才能はもちろんのこと努力も並大抵ではなかったんじゃないかな。

驚嘆《きょうたん》して固まっていると、駿矢さんは小さな笑いをこぼす。

「そう。すごいこと。だから美花もすごい人ってこと」

「それはちょっと違う気もしますが……。でも駿矢さんが、楽しさを……好きだっていうことを思い出せて、よかったなって心から思います」

胸がじんわりと温まる感覚に浸っていると、急にスピードがグンと上がったのが伝わってきた。身体の背面が、シートに押さえつけられるような感じだ。

加速の仕方もスポーツカーだとこんなにパワフルなんだ。

「どうかした？」

「あ、いえ。スピード感がこれまで乗っていた車と違って驚いて……。というか、今どこへ向かっているんですか？」

「ああ。エンジンのパワーが違うからね。ちなみに行き先は俺の好きな場所。箱根《はこね》」

「箱根？　箱根が好きなんですか？」

「いい宿があるんだ。静かなところで、時間も忘れてゆっくりできるのがいい」

彼は『好き』と言っただけあって、柔らかな表情を見せている。

こんなふうに言ってはなんだけど、彼の印象とマッチしなくて意外だ。

なんていうか、駿矢さんって都心が似合うというか。洗練された雰囲気を感じるから、温泉でゆっくり過ごす、とかは考えつかなかった。

待って。今なんて……？

「宿……？」

行き先をきちんと確認しなかった私も悪い。けど、まさかそういう場所を予定しているなんて、誰も想像できないと思う。だって、私たちは約束をしてふたりで会うというのは今回が初めてなわけなのだから。

「いいや。今、向かってるのは美術館。箱根のすぐ近くにあるんだ。美術館といっても、敷地内に散策の道や体験コーナーがある。緑も多くていいところだよ」

「わ、あ……！　それはぜひ行ってみたいです」

勝手に警戒して意識して、すごく失礼なことを……私ったら。車でふたりきりなだけでも緊張しているのに、こんな時間が一日以上続いたら心臓が持たないと、先走ってしまった。

けれど正直なところ、思い違いでよかったと心から安堵の息を大きく吐く。

それから約一時間半で、目的地に到着する。

そこは本当に緑の庭園。駐車場やエントランスを通る前から、冬の花木が出迎えてくれた。

敷地内の石畳や池をまたぐ小さな橋は、欧州を思わせるようで素敵な造り。

数メートル歩いてすぐ、眼前にあるキラキラとしたものに目を奪われた。

ボートが浮かぶ大きな池の上に造られた道が、なにか輝くものに遮られているのだ。

それはさながら光のカーテンみたいに。

私は無意識に手摺りに寄りかかり、前のめりになって美しい光景に夢中になった。

よくよく見ると、あの光の粒の奥にある木も同様にきらめいている。

「まるでホワイトクリスマスツリーみたい」

「綺麗だよな。クリスタルのクリスマスツリー」

いつの間にか隣に並んでいた駿矢さんが、同じ方向を見てさらに続ける。

「あれは期間限定なんだって。俺も見るのは初めて」

「そうなんですね。本当に素敵」

数百メートル先にあってもこんなに綺麗なら、そばで見たらどんなだろう。

「あとであのアーチをくぐって、ミュージアムへ行こう。今日の天気予報は晴れだから、きっと一日中あの光を堪能《たんのう》できる」

「晴れだから……？　そっか。お日様が出ているから、こんなに眩しいくらい光ってるんですね！　本当にすごい。幻想的……。いつまでも見ていられそう」

私はそのあとも恍惚《こうこつ》として瞳に映し続ける。冬の寒さもまた、心なしか輝きが増して見える材料ではないかな、などと考えて。

数分その場にとどまっていたら駿矢さんに改めて声をかけられる。

「堪能しているところ悪いんだが……。実は予約してるところがあって。一度そっちに移動してもいいかな」

「そうなんですか？　すみません、入り口でずっと動かずにいて」

「いや。気に入ってくれたんだろ？　うれしいよ」

駿矢さんがそういうセリフを口にすると、どうも照れくさくなる。寒かったはずの頬が熱くなるほどに。

再び歩き出した私はどこへ向かうのかわからないので、駿矢さんについていく。少し行くと、さっき見惚れていた光のアーチを横目に、分岐点に到着した。

ここを左に行けば、あのアーチをくぐる道に繋がっている。しかし、彼は右の道を進んでいく。

どこへ向かっているのかな？ と思うのも一瞬で、敷地内の散歩道に癒《いや》された。

それにしても、本当に広い。遊歩道や建物のデザインが凝《こ》っているから、外国に足を踏み入れたと錯覚してしまいそう。

よそ見をして歩いていたせいで、駿矢さんの背中にぶつかる。

「きゃっ、ごっ、ごめんなさい！」

あたふたしていると、スッと手を取られた。

「興味持ってくれるのはうれしいんだけど、危なっかしいから」

「すみません……」

淡々と告げられて手を繋がれる私は、まるで小さな子どもだ。

手がかかると思われたであろう恥ずかしさから、今度は俯きがちに歩く。すると、次第に別の感情が大きくなっていった。

駿矢さんの手、大きい。手のひらの厚みとかも私とは全然違う。今も、すっぽり包まれてる感覚が……。

そんなことにばかり気がいってしまい、今度は景色どころではなくなる。

『もう大丈夫』って言って、手を離してもらおう。そうしよう。

そう決心するも、なぜか普通に話しかけることさえも難しくなる。結局切り出す前に目的地に着いたらしく、駿矢さんが手を離した。

「えっと……ここは、レストラン？」

テラコッタ色のおしゃれな瓦屋根と、白い外壁。外壁の下側三十センチくらいはレンガ調のデザインがあしらわれている。黒い枠組みの格子の窓と、冬でも見られる草木や花があって、とても可愛らしい建物だった。

「そう。結構美味《おい》しいって評判で。俺も初めて利用するんだ」

「初めてなんですか？」

「まあね。ひとりで外食するのに抵抗はないタイプだけど、さすがにこういった特別な雰囲気の店に、ひとりで入店はしないからね」

そう言った駿矢さんは、入り口のドアを引き開け、私を先に促してくれた。

その後、私たちは店員さんに案内されて窓際の席に着く。足元から天井までの大きな窓ガラスからは、先ほど遠目に見ていたクリスマスツリーが間近で望めた。

ランチセットをふたつ頼み、料理を待っている間に、突然店内がざわめき始める。周囲を窺うと、どの席のお客さんもどこかわくわくしたように瞳を輝かせていた。

「なにかあるんでしょうか？」

「ああ、生演奏だよ。このレストランでは毎日、日替わりでいろんな演奏をしてくれるんだ」

確かに、席に案内してもらう間にピアノが置いてあったのを見た。そうだとするならば、あのピアノは演奏用？　ディスプレイとして置かれているだけだと思っていたから、毎日生演奏が聴けると知り驚く。

駿矢さんから説明を聞いた直後、店内にピアノの心地よい音が響いた。瞬間、店内には拍手が沸き起こる。

さっきピアノが置いてあった方向を見ると、スポットライトがついて、ふたりの外国人男性の姿が浮かび上がった。そして、拍手が鳴り止んだあとに彼らが披露《ひろう》するのは、定番クリスマスソング。

ジャズっぽいリズムのピアノは力強くもあり、店内全体が楽しい雰囲気に包まれる。

ボーカルの男性も、当然ながらとても上手で声も綺麗で、ここにいる全員が彼らに意識を向けていた。

「そうだ。今日はクリスマスでしたね……」

ステージを見ながら、ぽつりとつぶやく。

街を歩けばあちこちクリスマスムードで気づくけれど、イブを過ぎるとそれも半減する気がする。それに今日は、それどころではなかったというか……。

「クリスマスともなれば、こういう場所は予約も殺到《さっとう》しそうですよね」

なにげなく思ったことを口にして、真正面にいる駿矢さんを見る。彼は私と視線がぶつかると、めずらしくふいっと顔を背けた。些細《ささい》なことだけど、モヤッとする。

なに？　今の……。避けられたよね？　どうして？

理由を考えても、明確な答えは出てこない。目を合わせる前は、私がひとりごとを言ったくらいで……。ああ、やっぱりわからない。

気まずい気持ちになり、以降は口を噤む。

店内に響き渡る明るい音色にみんな手拍子を打って、お祭りのような雰囲気なのに、私たちだけ微妙な空気だ。

私がなにか変なことを言った？　ただ、イベントと重なるときは予約が大変だろうと思って口にしただけで……。

そこまで考えたとき、ふと疑問が浮かぶ。

私が彼に誘われたのは昨日のこと。でも、このレストランを昨日のうちに予約なんてできる？　もしかして、誰か別の人と来る予定で事前に予約していて、なにかしらの理由でだめになったところに、私を穴埋めで誘ったとか？　そう考えると、急遽《きゅうきょ》誘われたことや、突然引っかかる態度を取られたことも腑《ふ》に落ちる。

もうそうとしか考えられない。正解はそれだと確信し、顔を上げたと同時に彼が謝罪した。

「ごめん。白状する。実は今日の予約は」

「あの、謝らないでください。私は穴埋め要員でもまったく気にしませんし、むしろこんな素敵なところを知れて幸運でしたから」

なんだろう。謝られると胸がグッと押しつぶされる感覚になって、咄嗟に言葉を被せてしまった。

こちらが矢継ぎ早に先回りしたフォローの言葉を並べると、彼は黙り込む。そろりと彼を窺えば、眉根を寄せていた。私は反射的に膝の上の手を揃え、姿勢を正して身構える。

数秒後、駿矢さんが怪訝そうに聞いてくる。

「穴埋め要員って……まさか、美花がってこと？」

「え？　はい……。です、よね？」

会話が噛み合っていないのは感じるものの、どこがずれているのかがわからない。

明るくハッピーなクリスマスの曲が流れる中、彼は片手で額を押さえて盛大なため息をついた。

「違う。なんで俺が誰かの代わりに美花を誘うんだ。君の代わりなんて、いるわけないだろう」

彼のセリフを受け、じわっと胸が熱くなる。

駿矢さんは私の思い込みを否定しただけであって、他意はない。わかっているのに、今の言葉……。まるで自分が特別な人間にでもなったみたいで、うれしくなった。

「あ……、ではいったいなんの謝罪ですか？」

緩みそうな表情を引きしめて、本題に戻る。

駿矢さんは後頭部を軽く掻いて、いつもとは全然違う小さな声でぼそっと答えた。

「予約の話。ちょっとズルをした」

「ズルって……」

どんな？　まさか、法に触れることをしたわけではないだろうし。

ぽかんとして彼を見つめていると、なんだか叱《しか》られた子どもみたいにばつの悪い顔をしているから、やけに新鮮味を感じた。

視線を送り続けていることに気づかれたら、なんて心配も忘れ、彼の表情の変化を見逃さないように見入った。

彼は私の視線に気づいていないのか、おもむろにピアノのほうへ顔を向ける。

「あのピアニストのウィリアムは、俺がチャンピオンになった年の公式テーマ曲を作ったひとり。そのときに知り合って、連絡先を交換して何回か食事にも行った」

え？　つまり、F1レースの公式テーマ曲を作った……ということ？　いまだにF1はわからないけれど、ワールドワイドなものだとは想像に難くない。

「当時は有名なオケに在籍していて、公式テーマ曲もそのオケの人たちが演奏してくれたんだ」

「あちらの方は、そんなにすごい方なんですか？　もしかして。この席は」

「……そ。〝ウィル〟に席を融通《ゆうずう》してもらった」

駿矢さんは頬杖をつく手で口元を覆《おお》っていて、表情がはっきり読み取れない。

『ウィル』とは、さっき話してくれたウィリアムさんの愛称だというのはすぐわかった。そして、そのウィルさんを通じて予約できたということも。

私が『予約も殺到しそう』だなんて余計なことを言ったから、思い出さなくてもよかったことを思い出させてしまった。わざとではないとはいえ、申し訳ない。

内心おろおろとするも、気の利《き》いた言葉が浮かんでこない。そこに、美味しそうな香りがふわりと鼻孔をくすぐった。

「失礼いたします。ランチセットをお持ちいたしました」

店員さんが私たちの前に料理を置き、お辞儀をして去っていく。再びふたりになり、ウィリアムさんの軽快な演奏の中、黙って向かい合っていた。

「食べようか」

「は、はい。そうですね。ぜひ温かいうちに」

そうして食事を進めるものの、まだどこかぎこちなさが残る。

駿矢さんが頼んだステーキセットのスパイシーな香りや、私が頼んだ海老《えび》のトマトクリームパスタのまろやかな香りをもってしても、私たちの間を流れるこの微妙な雰囲気を変えることはできなかった。

無言で食事を進めているから、私たちの席はカトラリーの音だけ。

唯一、ウィリアムさんのピアノの演奏とボーカルの男性の歌声が、幸いにも場を繫いでくれている気がして心強かった。

彼がふたくちめのステーキを頬張る直前、そのフォークをプレートに戻した。

「昨日、ホームページで彼を見つけてすぐメールをしたんだ。彼は臨時でここのピアニストとして演奏してると返信をくれた。それで、今日美術館へ行こうと思っていることを話したら……ウィルは『クリスマスプレゼントだ』って言ってくれたんだ」

そういう経緯だったんだ。それなら、なにも駿矢さんが気にすることはないような。

それくらい、駿矢さんがウィリアムさんに好かれているって話で……。

「確かに、窓の向こうを見れば宝石が散りばめられたような景色があって、こんなに素晴らしい演奏を聞きながらランチができるなんて、最高のプレゼントですね」

笑顔でそう伝えると、駿矢さんは一瞬目をぱちくりとさせ、破顔した。

「ああ。そうだな」

「私もプレゼントのお裾《すそ》分《わ》けしてもらっちゃいましたね。ありがとうございます」

「……ふっ。面白い表現だ」

駿矢さんが笑うものだから、私もついつられて笑った。

それからは和《なご》やかな雰囲気で食事を進められた。

ここのレストランは、食器やカトラリー、盛りつけにも美術館らしさが溢れるこだわりを感じ、感嘆の息が漏れる。絶品の料理に舌鼓《したつづみ》を打ちつつ、耳馴染みのある曲が流れれば身体を小さく揺らし、心からこの場を楽しんだ。

食後のお茶を半分ほど飲み進めた頃には、ステージのふたりが最後の演奏を終え、拍手喝采《かっさい》を浴びていた。もちろん、私もカップから手を離し、拍手を送る。

すると、そのふたりは一席一席を回り、握手を交わし始めた。

じきにこの席にも回ってくると思うと、緊張と同時にちょっとわくわくもする。

だって、駿矢さんがウィリアムさんと久々に直接話せる機会だと思ったら！　才能のあるふたりが顔を合わせるシーンに立ち会えるなんて、映画みたい。

隣の席をあとにしたふたりが、私たちの席に向かってくる。

私はあくまでおまけだし、そのぶん駿矢さんが少しでも長く話せたらいいな。

なるべく気配を消して静かにしていたら、駿矢さんがスッと立ち上がる。そして、ウィリアムさんと軽い抱擁《ほうよう》を交わした。

英語で交わされる会話を聞いていたのは初めのほうだけ。周囲のお客さんや果ては店員さんまで、三人の姿を注目していてなんだか次第に落ちつかなくなった。

すっかり忘れていた。駿矢さんってモデル体型だし顔はいいし、さらに英語も堪能だったら、みんな気になる存在だよね。そんな人と一緒のテーブルにいるのが私って……。時折、私にも視線が飛んでくる気がするのは、そういう理由だと思う。

咄嗟に下を向き、時間が過ぎるのを待っていると、ふいに話し声が近く感じられた。

「She is your『Nike』. Lady, I am happy to meet you（彼女が君の『ニケ』だな。レディ、会えてうれしいよ）」

顔を上げると、ウィリアムさんがニコリとして私を見ている。どうやら、後半は私に向かって言ってくれていたらしい。駿矢さんはウィリアムさんに返事をしていなかったけれど笑顔を返していて、ふたりで微笑み合っていた。

ふたりの世界を眺めていた私は、はっとして席を立つ。

「あっ……I am glad to meet you as well（私もお会いできて光栄です）」

全身から溢れ出る輝かしいオーラに圧倒されたものの、笑顔でなんとか挨拶を返す。

駿矢さんはというと、いつの間にかボーカルの方と握手を交わし、話をしていた。

私は初対面の人と、準備なく突然会話をしなければならないシチュエーションは、正直ちょっと苦手。嫌ということではなく、気の利いた会話が瞬時に思い浮かばないのだ。

それに、今は別のことも気になっていて、目の前の男性との会話に集中できない。

さっきウィリアムさんが駿矢さんに言っていた『Nike』のワードが引っかかる。

私が考えごとをしていると、ウィリアムさんが流暢な日本語で話しかけてくる。

「シュンヤが言ってました。笑った顔がとても可愛い人だと」

「えっ？」

思いも寄らない話題に、戸惑いと恥ずかしさで動揺した。

「演奏中シュンヤを見つけて、アナタも見つけた。とても美味しそうにランチを食べてた。とても楽しそうにワタシたちのプレイを見てました。だから、わかった」

コンサートホールではないから、ステージからでも私たちの席までそんなに詳しく見えていたんだ。

緊張でドキドキする胸に手を添え、たどたどしくも懸命に感想を口にする。

「お料理も美味しかったですし、ピアノも歌もとてもよかったです。私、生演奏を楽しむのは初めてだったので。I enjoyed it a lot.（最高でした）」

日本語が堪能だとはわかったものの、最後は敬意を込めて英語で伝えた。

「ありがとう」

ウィリアムさんは目尻の皺を増やしてニコッと笑い、握手を交わした。

そうして、ウィリアムさんとボーカルのふたりは隣のテーブルへ移動していった。

私は一気に緊張感が抜ける。ウィリアムさんの横顔を見つめ、今しがたの会話を反《はん》芻《すう》した。

さっき彼は『ニケだね』と、言っていた。私が引っかかっていたのはその部分。

「ニケ……勝利の女神……？」

神話に出てくる女神のひとりの名前。

私がつぶやくと、駿矢さんがそばに来て耳元でささやくように言う。

「前にウィルに美花の話をしたら、俺の〝ニケ〟なんだなって言ってて。彼はそれ以来、そういう認識らしい」

「私が？　……えっ、駿矢さんの⁉」

思わず大きな声が出たけれど、幸い店内はまだ演奏者ふたりに夢中で目立ちはしなかった。

私は背中を丸め、そそくさと席に座る。

なんていうか、ますます駿矢さんの中の私は、自分とは乖離《かいり》していっている感じが否めない。私、そんなふうに崇《あが》められるような人間じゃないし、むしろ……人よりも劣っているところばかりなのに。

困惑しきりでいると、駿矢さんが飲みかけのカップに手を伸ばした。

「お腹も満たされたし、これを飲み終えたらミュージアムの建物に移動しようか」

「はい」

数分後。支払いは駿矢さんが済ませてくれて、私はいっそう気まずい思いを募らせながらレストランを出た。レストランをあとにしてから自分の分のランチ代を渡そうとしても、やっぱり拒否されてしまった。

それから、私たちは先ほど見入っていた光のアーチをくぐり抜け、ミュージアムを堪能する。主にガラス製品が多く、カラフルな作品たちはどれも繊細で美しくて、さっきまで複雑な感情になっていた私も、いつしか明るい気持ちになれていた。

工房やショップなども回り、最後に遊歩道の奥にあった〝誓いのベル〟を目指す。

一般的な階段と比べ、急勾配になっている階段を慎重に下り、ベルのある場所にたどり着いた。

ベルは四本の柱でできた、天井が半球体のガゼボの中にあった。周りには、ちらほらとお客さんがいる。

「本当に自然が多くていいところですね。暖かい季節なら、きっと木々が生い茂って、あのあたりの川からせせらぎの音が耳に届いて木陰が心地いいんでしょうね」

誓いのベルを鳴らす人たちを、少し遠くで眺めながら話した。

「暖かい季節は俺も来たことがないな。確かに気持ちよさそうだ」

駿矢さんが数メートル離れたベンチに腰を下ろしたので、私も隣に座る。

「あとでベル鳴らしに行こうか？」

「いえ。お客さんが何人か並んでますし、ベルの音色も聞こえますから十分です。あ、でも駿矢さんが行くのでしたら……」

「俺？　んー、ひとりで鳴らしに行ってもなあ」

彼はベンチの背もたれに身体を預け、空を仰《あお》ぎながらそう言った。

私がその様子を見てくすすと笑っていると、ふいに顔をこちらに向けられる。

「美花となら、いくらでも誓えるんだけどな」

唇には薄っすら笑みを浮かべつつも、彼の茶褐色の瞳はぶれることなくまっすぐだった。

その目に見つめられるとなんだか気持ちが落ちつかなくて、なにか逃れる術《すべ》はないかと懸命に考える。すると、彼にハンカチを返していないことに気づいた。

私はバッグの中から、ラスベガスから持ち帰っていたブランドもののハンカチを取り出す。

「これ、ありがとうございました。あの日、借りたままだったので」

「ああ。捨てずに持っていてくれたんだ」

駿矢さんのハンカチを見つめ、ぼそっと答える。

「人のものを勝手に捨てたりはできませんから」

「俺との再会を期待して、取っておいてくれたんじゃないの？」

駿矢さんがハンカチを受け取りながら言った言葉で、今さらながら思い出す。

そうだ。今日はあの日から延ばし延ばしにしていた私の答えを聞くために、駿矢さんはわざわざ私に声をかけたのだ。

恋人になるかならないか、はっきり答えもせず、なにを私はただ楽しんで……。

だけど、その話題を切り出そうとすると、どうしても躊躇《ちゅうちょ》してしまう。

駿矢さんと視線を交錯させる。私は彼の瞳を前にすると、なにか術にかけられたかのようにひと声も発せなかった。

すると、駿矢さんが柔和《にゅうわ》な顔つきで話題を変える。

「俺、帰国して時間があるときはよく来るんだ、箱根に。行きつけの旅館もあって、そこの女将《おかみ》がお勧めしてくれた場所がこの美術館」

「そうだったんですね。海外で生活していると、旅館とかほっとしますよね。でも私、考えたら日本に戻ってきてから、そういう場所に行ってないかも」

「静かに景色を眺めながら入る露天風呂《ろてんぶろ》がいい」

「いいですね」

駿矢さんとの会話で、頭の中はすっかり温泉に浸かっている光景になっていた。空想の中だけでも、なんだか心がほっこりする。

そのとき、冷たい風が肌を撫《な》でた。反射的に肩を窄め、小さく身を震わせる。

想像だけじゃ、当然身体は温まらないよね。

心の中で苦笑していると、突然駿矢さんが驚くことを言い出す。

「そうだ。今から行こうか」

「は⁉」

今から行こうかって、話の流れからしてその旅館にってことだよね？　いやでもまさかね。そんな……。ちょっとした冗談で、本気じゃないはず。

ひとり忙しなくあれこれ考えている間に、駿矢さんがコートのポケットからスマートフォンを出す。

「空いてるか確認してみる」

「ま、待って！」

駿矢さんが意気揚々とスマートフォンを操作し始めたため、慌てて制止した。

「今からって……それはまさか私も含まれてます？」

そう。この質問は、念のため。たぶん、ここからは別行動にするつもりだろうけれど、万が一っていうこともあると思って。

『自分は関係ない』と思っていても、心臓は落ちつかないリズムで脈を打ち、そわそわしてしまう。懸命に目を逸らさず反応を待つと、彼は飄々と言った。

「当然。こんなとこに置き去りにするような、ひどい男だと思ってる？　そんなことしないよ」

彼の返しに唖然とし、一瞬頭が真っ白になる。スマートフォンのディスプレイに指を滑らせる彼を見て、なんとか思考を再開させた私はすかさず訂正した。

「違います、そういう心配じゃなくって」

「ああ、すみません。佐光と申しますが、女将さんをお願いします」

瞬く間に発信した電話は、すぐ繋がってしまったみたい。

どうしよう。どういう状況？　こんなデートみたいなことだって初めてなのに、旅館へ行くだなんて。これ以上の展開は対応できる気がしない。

不安やら焦りやらで混乱しかけていたとき、駿矢さんが前髪をかき上げながら残念そうな声音で漏らす。

「ああ、そうか。今日はクリスマスだったな」

これはもしや……部屋に空きがなかったのでは？

私は断られている雰囲気を感じ、こっそり胸を撫で下ろした。

駿矢さんは、軽く息を吐く。

「なら仕方ないな。いや、こちらこそ急な相談ですみません。じゃあ、その部屋で。一、二時間後にはチェックインできると思うので、よろしくお願いします」

彼の会話を隣で真剣に聞きながら、想像とは違う展開に着地した雰囲気を察した。

とはいえ、気持ちがついていかなくて思わず問いかける。

「えっ……。ど、どうなったんですか？　満室だったのでは」

「さっきまで満室だったらしいけど、ひとつキャンセルが出たって。俺がいつも泊まる部屋ではないけど、それでもいいならって話。で、了承した」

開いた口が塞がらない。今日のレストランといい、今の旅館といい、駿矢さんってとても運のいい人なのかもしれない。だから、F1レースでも優勝まで……ううん。それはきっと才能と努力の賜物《たまもの》――って、今はそんなこと考えてる場合じゃない。

「わっ、私、そんなつもりで言ったわけでは……！」

単に『温泉かあ。いいなあ』と、感じるままに『いいですね』って同調しただけで。

まさかこんな急展開になるなんて、誰も想像できないよ。

狼狽える私を見て、駿矢さんは笑う。

「ははっ。いや、俺も〝そんなつもり〟はまだないから安心して」

「ええっ⁉」

いくら恋愛関連に疎くたって、今の意味合いは理解できた。

どぎまぎして言葉を詰まらせていると、駿矢さんは私の目を覗き込んでニッと口角を上げる。

「そうだ。それに、約束は『今日一日』って話だっただろう？　一日の終わりまで、まだ時間はたっぷりあるよな」

いたずらっ子にも似た笑みを見せながら言う彼は、これまでの大人な印象とは打って変わって少年みたいだ。そういうギャップを目の当たりにすると、余計にドキッとさせられる。

「それはさすがに屁理屈というものです！　それに……そう。着替えもないですし！」

完全に困惑していて、うまい切り返しができなかった。

私は慌てふためき、前髪を頻りに撫でながら視線を泳がせる。視界の隅で駿矢さんが立ち上がったのを察するも、目を向けられない。

「ああ、それもそうだな。なら、買いに行ってから向かおう。俺からのクリスマスプレゼントってことで」

そのセリフに絶句している間にも、彼は私の手を取る。どこかわくわくしたような、生き生きとした彼の顔を見た私は、手を離すタイミングを失った。

窮地《きゅうち》に陥っている間、薄暮《はくぼ》が迫る空の下で昼間見たクリスタルに変わってイルミネーションが輝いていた。


旅館へは午後六時半頃到着した。

あの美術館からまっすぐ向かえば、大体三十分で着く距離だったみたいだけど、途中で買い物へ立ち寄っていたため、その時間になった。

すっかり陽は落ち、あたりは暗い中たどり着いた旅館の門構えは日本庭園の風情《ふぜい》があり、格式高い雰囲気を感じさせる佇まいだった。

入り口でそんな感じなのだから、当然館内も素晴らしい。照明や、木材や竹で造られた内装は、和の要素を活かした温かみがあり、どの角度から見ても美しい景観だった。

……と、旅館に釘づけになっている場合ではない。なんだかんだと、結局ここまで連れてこられてしまった。

車移動しかできない場所で、さらには道もわからない状況だと、歩いて帰るわけにもいかない。外も暗くなっていれば、余計にそんな勇気も出せなかった。

直接ではないものの、彼に関わりのある企業とこれから仕事をするわけだし、取引相手でもある私に、おかしなことはしないとは思っているのだけれど。

とはいえ、こんなシチュエーションは初めてだから、落ちつけるはずもない。

女将さんがいる手前、みだりに取り乱すわけにもいかず、部屋まで黙って歩いた。

「こちらのお部屋でございます。本日はご希望に添えず、誠に申し訳ありません」

「いや。こちらこそ、急にもかかわらず対応していただいて。感謝します」

キーの受け渡しの際に、ふたりがお互いに頭を下げ合う光景を見る。なんだか居場所に困っていると、女将さんが微笑みかけてきた。

「どうぞごゆっくりお過ごしくださいませ」

「は……ありがとうございます」

私がおどおどとお辞儀を返したあと、女将さんは去っていった。またふたりになった途端、置かれた状況から、再び緊張と不安に襲われた。

「美花？」

「わあっ！　はっ、はい」

廊下で大声をあげてしまったと瞬時に気づき、後半の返事は声量を抑えた。

駿矢さんは落ちつきのない私を見て、小さな息を吐く。その反応に、私は無意識に身構えた。

辟易《へきえき》して悪態をつかれるか、注意されるか。そんな選択肢が浮かび、首を窄めた。

次の瞬間、頭にぽんぽんとやさしく手を置かれる。

「警戒させてごめん。せっかくの温泉だからリラックスして。ここの温泉お勧めだから、ゆっくり入ってきたらいい。急だったから夕食の時間は遅めになっちゃったしな。でもここは料理も絶品だから、楽しみにしておいて」

うっかり涙目のまま、彼を見た。

私の顔を見て、彼は一瞬驚いた表情をしていたものの、すぐに笑顔に戻る。

「ほら。荷物置いて、行こう。俺も温まりたい」

今日はずっと駿矢さんのペースに流され、翻弄《ほんろう》された。だけど、彼の瞳や手の温もりに恐怖心は生まれない。

そうして大浴場へ向かい、露天風呂に浸かると次第にさっきまでの緊張が解れた。

「気持ちいい……」

思わずぽつりとこぼしてしまうほど、本当に気持ちがよかった。手も足も全部力を抜いて夜空を仰ぐ。

温泉、いつぶりかな。小学生くらいかもしれない。だからかな。こんなふうに寛《くつろ》ぐっていう感覚、初めて。

目を閉じ、完全にリラックスした状態で、今日を振り返る。

あの美術館、本当に素晴らしかった。敷地内全体どこを見ても綺麗で癒される。それにレストランも最高。料理も美味しい上に、生演奏を堪能できるなんてとても贅沢《ぜいたく》な時間だった。

瞼の裏に焼きついているクリスタルが輝く景色を思い出し、レストランでの音楽も脳内で再生すると、自然と頬が緩む。

美術館をあとにしてからは、おしゃれなセレクトショップへ連れられ、気づけば明日の着替えにするにはもったいないくらいの高価な服を一式買い揃えられて……。

そして、旅館も一見《いちげん》さんは宿泊できなそうなほど高級感もあり、接客サービスもいいところへ来た。

私はぱちっと目を開き、その場に立ち上がる。

冷静に考えて、ひとつの部屋に宿泊するってありえないよね？

うっかり高級旅館の素敵な演出と温泉に気が緩んだけど、今からでもどうにか……

ならないか。

抵抗心も沸き上がる前に萎《しぼ》んでいく。私は柔らかな手触りのお湯を自分の肩にかけながら、ぼんやり考える。

駿矢さんを頭に浮かべると、不思議とネガティブな感情にブレーキがかかった。なんだろう。本当に不思議な人。

大浴場を出たあとは、温泉効果か入浴前よりもやや気持ちが落ちついていた。

部屋に戻ると、先に駿矢さんが戻っていて室内で寛いでいた。

スリッパを脱ぎ、部屋に入るも立ち位置が定まらず、その場にとどまる。

「あ……戻りました」

「ああ。ゆっくりできた？」

「ええ。気持ちよかったです」

ひとりがけソファに座っていた駿矢さんは、不自然な私を見てスッと立ち上がる。

こちらに近づいてくるも、彼は二、三メートル離れたところでぴたりと足を止める。

「美花が落ちつかないなら、俺はひと晩あのソファのスペースからは出ないようにするよ。だからあまり怯《おび》えないでくれるとうれしい」

駿矢さんの寂しそうな笑顔に、胸が痛む。

以前、詠美に向かって彼を信用していると宣言したのは私なのに。

『これは違う』とか『嫌だな』とか、そういうことに直面しても、私はすぐにあきらめてしまうことが多い。自分でもよくないってわかっている。どんなときも、自ら一歩踏み出さなければなにも変わらないということも。

だけど、抵抗したところでなにも変えられないんじゃないかなと、気持ちが揺らぐ。自分に自信がないから、結局心の中で言いわけを並べて流されがちだ。

今日のことだって……。

しかし、これまで兄に何度も言われ続けてきた『あきらめぐせはよくない。でも身の丈を知ることも大事だからね』という言葉に今も委縮する。

ひとことも発せずにいると、駿矢さんは方向転換をして冷蔵庫へ向かった。ミネラルウォーターを手に取ると、こちらに差し出してくれる。

「とりあえず中へ。出入り口のあたりは冷えるから」

駿矢さんを見上げると、私に心配そうな眼差しを向けていた。

「ありがとうございます」

ミネラルウォーターを受け取り、部屋の中ほどまでゆっくり歩みを進める。どこに座ろうかと視線を上げた途端、驚いた。

部屋の中はこんなに広かったんだ。間取りでいうと、２ＬＤＫ。ソファのあるゆったりとした寛ぎスペースと、それとは別にテレビなどがあるリビング的な用途のスペース。それにベッドルーム。

さっきは駿矢さんが荷物を部屋に置いてくれて、すぐ大浴場へ行ったからこんなに豪華な部屋とは知らなかった。

キョロキョロと部屋を見回すと、私が想像する旅館とは違う部分ばかり。

敷居や畳のある和の空間だけど、欄間《らんま》のデザインやペンダントライトなどはモダンでスタイリッシュな部屋だ。

ベッドはキングサイズがひとつ。……え？　ひとつ⁉

思わず駿矢さんの姿を探すと、彼は先ほどまで座っていたソファに戻って腰を下ろし、頬杖をついて窓の外を眺めている。

アンニュイな横顔もまた絵になっていて、惹き込まれる。

私がジッと見すぎたせいか、彼はこちらを窺い、向かいのソファを指さした。それを受け、私はちょこんと腰をかける。

すると、駿矢さんは私を気遣ってなのか、再び窓の外に顔を向けて口を開いた。

「悪いな。今日のこと、強引だったという自覚はある。こう見えて焦っているんだ」

いろいろと驚いて、言葉を返せなかった。

強引だって自覚はあって、悪いとも思っているんだ。焦っているって、よくわからないけれど、今日一日そんなふうには見えなかったから意外。

「そうは見えなかったって顔だな。まあ、レースで冷静沈着だと褒められてはいたし、うまく隠せてたってことか」

心で思ったことが顔に出ていたらしい。彼は私の顔を見て笑った。

それにしても、冷静沈着というのは納得がいく。あの猛スピードで順位を競い合うレースで優勝できる人なら、冷静でないと無理だと思う。

駿矢さんに尊敬の眼差しを向けると、彼はさらにくすくすと声を漏らして笑う。

「けど、実は昼間ウィルには気づかれてた。『Nike の前では別人のようだ』ってね」

再び〝勝利の女神〟の愛称を話題に出され、ただただ恐縮する。何度も首を横に振り、俯いてぽつりと口を開いた。

「私から待ってほしいとお願いして、曖昧なまま逃げ惑ってごめんなさい。ラスベガスではパニックになって、それでついあんなふうに返してしまいました」

「いいよ。俺も今回の仕事の件で驚かせただろうし。それでおあいこだ。それは気にしなくていいから、今の時点の答えでもいいから聞かせて」

上目でちらりと窺った先には、穏やかな表情の駿矢さん。しかし、私はリラックスできるわけもなく、緊張から膝の上でペットボトルを握りしめる。

「どうしていいのか……駿矢さんの言葉がにわかに信じがたいんです」

「なぜ？」

「なぜって……。まず『好き』とか『つき合って』とか、言われたこともないから」

「えっ。嘘だろ」

「えっ？　う、嘘じゃないです」

駿矢さんはどうやら心底驚いたようで、私を凝視して固まった。

異性に告白されることはおろか、好意を示されたことすらない。

それは、私が自ら同世代の異性を避けてきたせいもあるとは思うけれど、やっぱり根本的に私には人を惹きつける魅力がないからだとわかっている。

彼は私の両眼を覗き込み、真剣な面持ちで尋ねる。

「本当に？　今までずっと、誰にも言い寄られなかった？」

「はい。そもそも男性との関わりはほとんどなく……。思いを寄せていた人はいたことがありますが、その逆は一度も」

高校生の頃に兄に横から口を出されて、なにもできなかった幼い恋だ。

「それに私は器量も気立ても悪く、そういう対象にもならないかと」

「本気でそう思ってる？」

最後は眉間《みけん》に縦皺を作り、怒ったふうに問われて委縮した。

私は瞬間的に返答できず、おずおずと頷いた。一拍遅れて、掠れ声でやっと返す。

「はい。そう……よく言われてますので」

「誰に」

言葉尻に被せる勢いで質問を重ねてきた駿矢さんは、その綺麗な瞳に苛立《いらだ》ちを滲ませていた。

誰に――と聞かれれば、脳裏に浮かぶのは兄だ。

さっき蓋をした心の痛みがよみがえりそうで、私は考えるのを止めた。

「とにかく、駿矢さんが嘘をついていないのなら、きっとそれは一時の気の迷いだと思います。……そう。私をよく知らないから」

駿矢さんが私にいい印象を持ってくれていることは、素直にうれしい。反面、この先深く私を知ることによって、幻滅されることが怖い。

ただ説明しているだけなのに、やけに心音が速い。そして、彼をまっすぐ見られなくなっていた。

手の中のペットボトルを見つめ続けていると、大きなため息が耳に届く。

あまりのため息の深さに、思わず目を向けた。

「なるほどね。美花の言う通り、俺は君をよく知らなかったみたいだ」

彼は大きな手を額に添え、軽く天井を仰ぎながらそうこぼした。その反応を受け、傷ついている自分に見て見ぬふりをする。

これまで散々無価値さを説明したのは自分なのに、傷つくなんてどうかしてる。

もう一度、駿矢さんを見る。すると、失望の色などまるで見えない彼は、むしろ悲しそうに目に映った。

「美花はやさしい女性だ。でも、それは自分以外の人間に限るんだな」

「え……」

「それとも、日本に戻ってきて変わったか……。少なくとも、オーストラリアで会った君はとても魅力的な女性で、俺はずっと忘れられなかったんだ」

魅力的？　私が？　ずっと忘れられないほどに？　私でも同世代の男性の目に、そんなふうに映ることがあるんだ。

彼がジッと私の顔を食い入るように見てくるものだから、さらに落ちつかなくなる。

「ラスベガスで再会したとき、少し違和感があった。ずっと友達の後ろに隠れるような……。正直、以前会ったときのような伸びやかさが薄れている感じがしていた」

友達というのは詠美のことだ。

あのとき、意識はしていなかったけど、詠美を頼っていたのは事実。

また、『以前会ったとき』というのはオーストラリアでのときのこと。

確かに私は、オーストラリアで暮らしていた二年間は日々充実していて楽しかった。思えば、今よりものびのびと過ごせていたのかもしれない。

数回しか会っていないのに、駿矢さんはそこまで細かく私のことを……？　家族と詠美以外は、誰も特別私に興味はないと思っていたから、戸惑いを隠せない。

「けど、本質的なものは変わらないはずだ。今、目の前にいる内向的な美花も美花だし、俺が出会ったときの美花も、君の一部に違いない」

その上、過去の私も現在の私も受け入れてくれるような発言をするものだから、心底驚いた。

「なに？　少しの変化くらいで俺が心変わりすると思った？」

「心変わりっていうか……本当に私を」

好いてくれているなんて。

どうしよう。こんなの、意識せずにいられない。ここまで気持ちを丁寧に、ストレートにぶつけられて心が動かないわけがない。

それも、容姿も仕事も心まで、他者を魅了するようなスペシャルな男性から——。

「悪いな。俺、仕事もプライベートもあきらめが悪いんだ。それは、昔相談に乗ってくれた美花がよく知ってると思うけど？」

あきらめが悪いなどという印象は、まるでなかった。

駿矢さんがオーストラリアで私に話してくれた内容は、どこか自分にも似通った部分を感じたのもあって、彼の話に共感した。

あの日の彼は、『同じ目標を持つ仲間はたくさんいるが、自分はひとりだ』とこぼした。

今思えば、それは当時在籍していたチーム内の話だったのだ。

ラスベガスで見学したときに見ただけでも、スタッフは百人単位でいるとわかった。それだけの人数がいるチームで、彼は常にひとりぼっちだったのかもしれない。

人間とは不思議なもので、ひとりきりでいるときよりも大勢の中でひとり、といった状況のほうが、より孤独を感じる。

駿矢さんは瞼を軽く伏せ、過去を思い返すように言葉を紡ぐ。

「周りから距離を置かれてひとりになっても、『俺は悪くない』って躍起《やっき》になって、

『結果を出して黙らせてやる』って……傲慢《ごうまん》だよな。あのときの俺は幼稚すぎて、正直この話を蒸し返すのは恥ずかしい」

「過去の話だし、なによりもその経験があるから、今の駿矢さんがいるんだと思います。恥ずかしい話なら、私だってたくさんあります」

生徒にもよく言う、『失敗は成功のもと』みたいなものだと思うし、彼の功績《こうせき》はめげずに何度でもチャレンジした人にしか掴めなかった〝今〟だと思う。

しかし、偉そうに諭《さと》した自分はどうなのかとふいに我に返り、唇を引き結んだ。

「そうやって、あのときもそんな俺の話を叱るでもなく呆れるでもなく、最後まで聞いてくれた。あれが初めてだった。俺が自分の胸の内をすべて吐き出せたのは」

とても温かい声で言われ、自然と彼に見入ってしまう。

「君は……なんて表現したらいいのか。ひとことひとことにやさしさが詰まってる。一言一句、俺のためにと考えて発言してくれている、そんな感じがしたんだ」

自分でも驚くくらい、心がうれしさで震えて涙がこぼれそうになった。

会話の瞬発力がなく、自信もないから声も小さい。本当は、相手の目を見て話すのも苦手だったけれど、日本語教師を目指すと決めてから、それだけは克服するよう努力した。

でも、そんな些細なことは誰も……家族も褒めてはくれない。

わかっていた。褒められたいなら、もっと大きなことを成し遂げるくらいにならなければと。そう思いながら、結局平凡でしかいられない。

だから、今の私が持っているささやかな部分を褒められたことが、こんなにもうれしい。

潤む瞳で彼を見据えれば、至極柔らかな微笑みを浮かべていて、胸の奥がきゅうっと音を立てた。

「あれからずっと、美花を思い出しては『会いたい』と願い続けていた。思えばひと目惚《ぼ》れなのかもしれない。ああ、ひと目惚れっていっても、美花の容姿だけに惹かれたわけじゃない。言葉を交わして居心地がよかったってこと」

もう冷静な判断が下せない。自分が絆《ほだ》されそうになっているとわかっていても、この感情を止める術はなかった。

だって、初めてだから。

私を知りたいと言い、きちんと向き合い、受け入れてくれる男性は――。

「今日、一緒に過ごしてどうだった？　つまらなかった？」

駿矢さんの質問に、私は迷わず首を横に振る。

「いいえ」

私の答えを聞き、彼はにっこり眉尻を下げた。

「俺も今日一日、ずっと楽しかった。それが今出せる答えでいいんじゃないか？」

そして、彼は次に真剣な目をする。

その顔つきは凛々しく、美しいもの。一度見てしまえば、目を離せないほどに。

「つき合おう。大丈夫。なにもすぐに結婚しようとまでは言ってない。まあ、俺はすぐでもいいんだけど」

ラスベガスで『結婚したい』って言ってたのは本気だったの？

「け、結婚は、ちょっと……まだ」

「はは。確かにそうなるよな。じゃあ、恋人にして」

彼は軽く笑った直後、この上なく真剣な眼差しを見せる。

「美花」

駿矢さんは、テーブルを挟んで右手を伸ばしてきた。

私は翻弄されつつも、自分にはないものばかりの彼に強く惹かれている。

どんな私でも『大した問題じゃないよ』って、すべてを包み込んでくれるような彼に甘えてみたい。

自分の本音に気づき、勇気を出して自分の手を重ねた。

「……よろしくお願いします」

ぽつりと告げると、駿矢さんは空いたもう片方の手で小さくガッツポーズをした。

私はなんだかその姿が可愛くて、「ふふ」と笑ってしまった。


一夜明け、まだ朝陽が完全に顔を出していない薄暗い時間に、眠りから少しずつ意識を戻す。

ぼんやりとした頭で、寝返りを打った。腕一本分の先に、こちらに身体を向けて眠っている駿矢さんがいて一気に目が覚める。叫びそうになったところを、かろうじて両手で口を押さえて堪《こら》えた。

びっくりした。そうだった。私、昨日は箱根に泊まって……。

一連の流れを思い出した私は、手を外して密《ひそ》かに彼の寝顔を見つめる。

明かり障子を通して柔らかな陽の光が少しずつ入り始め、彼の美しい寝顔がさらに綺麗に目に映った。

下瞼に影を落とすほど長く生え揃った睫毛《まつげ》に、高い鼻梁《びりょう》、滑《なめ》らかそうな肌。

それこそ、昨日訪れた美術館に彫刻像として飾られてもおかしくないくらい整った容姿だと、改めて思った。

ふと昨夜の出来事を振り返る。

駿矢さんは、私のために『ひと晩あのソファのスペースからは出ない』と言ったことを守ろうとして、ソファで寝ようとしていた。

さすがにそんなことさせられないと、私は彼をベッドで寝るよう促した。幸いとても広いベッドだったから、ひと晩くらい大丈夫だと思って。

そしてベッドの端と端で、お互い背中を向けながら横になった……のだけど。

私は自分の右手を見て、頬を熱くする。

初めは背を向けていた駿矢さんが、突然身体を仰向けに直し、手を繋いでもいいかと聞いてきた。私はその数時間前に彼とつき合うことを了承した手前、なんとなく断れずにそっと右手で応えた。

あの瞬間の、そわそわするような気持ちがまた鮮明に沸き上がってくる。

「おはよう」

急に声をかけられ、危うく飛び上がるところだった。

私は右手をさりげなく後ろに回す。

「おっ、おはようございます」

心臓がドッドッと大きな音を出し、緊張のあまり顔を背けた。

「どうかした？　手をジッと見てたけど」

「いえ、これは……冬は手が荒れやすいなと思っていたんです」

「そう？　昨日触れたときには、なにも……」

「すみません！　私、先に洗面所をお借りしますね」

動揺を隠しきれないと判断し、そそくさとベッドを降りて洗面所へこもった。

身支度を整えながら気持ちを落ちつかせ、なんとか平静を保ち、部屋で朝食を済ませた。その後、旅館をチェックアウトし、車に乗って東京へ向かう。

変なの……。昨日よりも今日のほうが緊張している。正確にいうと、昨日とは別の、経験したことのない緊張感かもしれない。運転中の駿矢さんをときどき横目で窺いつつ、内心ずっとそわそわしていた。

恋人同士になると、どんなふうに振る舞うべきなの？

目のやり場を探して手元を見れば、自分が着ている服に意識が向く。

これは、昨日駿矢さんに買ってもらった服だ。

スリット入りの黒色リブニットスカート。それに、襟《えり》ぐりが大きく開いた鮮やかなグリーンのカーディガンと、襟元にフリルがあしらわれた白ブラウス。

これまで、買うとすればモノトーンカラーのものがほとんどだった私にとって、このカーディガンは冒険だった。それに、スカートも滅多にはかないから、なんだかドキドキする。

これらはすべて駿矢さんの見立てのもの。初め、彼に『なんでも好きなものを』と言われ、私はいつも着ているような色合いやデザインのものに手を伸ばした。それを見ていた駿矢さんが突然私の手を止め、こういったデザインの服を選び始めたのだ。

着たことがないから不安だと告げたものの、彼をはじめショップの店員さんまでもがそんな心配は無用だと言って、このコーディネートに行きついた。

まだそわそわしちゃうけれど、スカートはデザインがタイトなわりにストレッチがきいていて、スリットもあるから動きやすい。生地の感じも柔らかくて着心地はとてもよかった。カーディガンのこの緑色も、クリスマスカラーっぽくて視界に入るたび頬が緩む。こういう服装もいいかも……。

「気に入らない？　その服」

運転席の駿矢さんが突然言うものだから、慌てて答える。

「違うんです。素敵だなって改めて思って」

服は本当に素敵で、可愛い。ただそれを自分が着てるというのは、やっぱり慣れなくてどうにも落ちつかないところ。

「そう。よかった。俺もうれしいよ。好きな人が自分の贈った服を着てるのは、独占欲が満たされるようで」

さらりと言った彼のセリフに戸惑い、前髪を押さえて俯く。

駿矢さんは私の様子を視界の隅で捉えたのか、「またそれだ」とくすくす笑った。

「今日はどうしようか。俺はもう年内は仕事しないって決めてるから丸一日オフ。美花の予定は？」

「私の予定もなにも――」

念のためスケジュールを確認するのに、バッグからスマートフォンを取った。

ディスプレイに目を落とした瞬間、ぎょっとする。そこには、兄からの通知がびっしりだった。

そういえば、昨夜からスマートフォンを全然見ていなかった。今までこんなにスマートフォンの存在を……兄からの連絡のことを忘れたことは一度もない。

昨日は駿矢さんのことで頭がいっぱいで、すっかり忘れていた。

スマートフォンは着信通知とメッセージがいくつもあって、どの通知も開きたくなかった。

私はスマートフォンをバッグに押し込んで、取り繕う。

「すみません。今日はこのあと予定が入っていたのを忘れていました」

「そうだったのか。予定には間に合う？　ごめん、俺が昨日急に一泊を決めたから」

「大丈夫です。都内に入ったら、適当な駅で降ろしていただけますか？」

「家に一度帰るなら近くまで送るよ。場所はどこ？」

自宅はまずい。もしかしたら、兄がアパート前で待っているかもしれない。

「その……私のアパート付近は道路が狭いので。立派な車ですし、なにかあったら大変ですから」

焦りを見せないように最大限気をつけて、無理して口角を上げた。

すると、駿矢さんがムッとして口を尖らせる。

「俺を誰だと思ってるの？　一応、年間勝率八十五パーセント超えの歴代新記録を持つ、ワールドチャンピオンなんだけど」

「歴代新記録……」

優勝した話は昨日聞いていたけれど、歴代記録まで塗り替えたほどだったとは。漠《ばく》然《ぜん》とすごい人なんだろうなとは思っていたけど、それ以上にすごい人だったりするんじゃ……と、今はそれどころじゃない。

拗《す》ねた彼は初めて見る顔で、もっと見たい気持ちもあるけれど、とにかくこの件はこちらの要望を聞き入れてもらわなきゃ。

「ドライビングスキルを疑ってるわけじゃないのですが！　このあとは、人と待ち合わせになると思うので駅でいいんです。お気遣いありがとうございます」

「そうか。そういうことならわかった」

運転する駿矢さんを横目に見て、こっそり息を吐く。

不自然には思われなかったよね？　でも根本的な問題からは逃れられない。

私はそれから東京へ近づくにつれ、気が滅入るばかりだった。

都内に入ったのは正午頃。

私は昨日待ち合わせした場所で降ろしてもらうこととなっていた。

新宿駅近辺に到着すると、久方ぶりに正面からの彼の顔を見た。

「それじゃ、気をつけて」

「はい。いろいろとありがとうございました」

深々と頭を下げ、ドアハンドルに手をかけた、そのとき。

「あ、待って」

呼び止められると同時に、右手首を掴まれる。私はびっくりして、目を見開いた。

急に人に触れられれば、誰が相手でも驚きはする。だけど、このドキドキはきっとそれとは違う原因も混ざっている。

脈が速くなっているのと、触れられている手首が熱を帯びていくのを感じていると、ふいに駿矢さんが私の指先に唇を寄せた。

驚倒するも、身体は硬直していて手を引っ込めることもできなかった。

私の指先にキスを落とした彼は、極上の笑みを見せる。

「美花、ありがとう。また連絡する」

手を解放され、今度こそ車を降りて駿矢さんを見送った。

車が見えなくなったあと、こっそりと彼に掴まれた手首に触れる。そして、唇が触れた指先を包み込んだ。

周囲の喧騒《けんそう》に負けないくらい、心臓の音が大きい。

「落ちつかなきゃ」

そうつぶやいて深呼吸を繰り返し、駅に向かって歩き出す。

自宅アパートに到着したのは約四十分後。

数メートル先のアパート前に立っているのは、間違いなく兄。

兄はスマートフォンを見ている。途端に、さっき駿矢さんに感じたものとは別の動悸が私を襲った。

兄も駿矢さんほどではないけれど、百八十センチ近い身長でスーツが似合うスタイルだ。外見でいう駿矢さんとの違いは、ひょろっとした細身で眼鏡をかけている、といったところ。

兄との対面を前に、足が震える。でも逃げるわけにもいかない。

『内向的な美花も美花だし、俺が出会ったときの美花も、君の一部に違いない』

なぜだか急に、昨日の駿矢さんの言葉が頭に浮かんだ。

弱い私も彼は受け入れてくれると思ったら、なんだか少し勇気が出て足の震えが止まった。

手を胸元に添え、カーディガンをきゅっと握る。そして、一歩踏み出した。

「美花！」

私が呼びかける前に、兄は私に気づき、険しい顔つきで私の両肩を掴む。そして、私の頭からつま先までジロジロと見るや否や、不機嫌そうに口を開いた。

「どこ行ってた？　その服は？　初めて見る服だな」

「えっ……と、昨日詠美とショッピングして、そのままずっと一緒に」

心の中で『詠美ごめん』とつぶやいて、どうにかこの場を取り繕う。

「お兄ちゃんこそ、なにか用があった？　たくさん通知が来てたから。ごめんなさい。つい話し込んじゃって、気づけなくて」

懸命にいつも通りを心がけて振る舞っているけれど、ちゃんとできてるよね？　どうか昨日からの駿矢さんとのこと、気づかれませんように。

笑顔の仮面を張りつけながらも内心不安で震えていると、兄はカバンから細長い箱を取り出した。

ゴールドのリボンがかけられた箱は、どう見てもプレゼント。

一瞬、『なぜ？』と思ったものの、すぐに昨日はクリスマスだったと思い出した。

「用事はこれを渡したかっただけ。私からのプレゼントは無事に届いてた？」

「どうもありがとう。私からのプレゼントは無事に届いてた？」

「ああ。自宅に置いてある」

淡々と返された言葉に、ちくっと胸が痛んだ。

家族へのプレゼントは欠かさない。それは、もうずっと前からそういう習慣だ。

両親への贈りものはいつもすんなり決められるが、兄のものだけはそうはいかない。

どんなものがいいか、考えるのに毎回頭を悩ませる。

今回は舶来メーカーのボールペンを選んだ。シンプルでスタイリッシュなデザインは、兄の好みだと思ったし、筆記具であれば仕事柄あっても困らないと考えた。

だけど、そのプレゼントは自宅に置いたままなんだ。

プレゼントひとつでさえも、兄に認めてもらえない。

間接的にそう突きつけられた気がして、胸が重苦しくなった。

「届いていてよかった。お兄ちゃん、イブは忙しいって言ってたし、私も仕事があったから、今年は送ることにしたの」

兄は眼鏡のブリッジに指をかけ、冷ややかな視線を浴びせる。

「確かに忙しいとは言ったが、俺はメッセージくらいはできる。なのにお前ときたら、ひと晩じゅう俺のメッセージに既読がつかないままだったから心配した」

「そ……そうだよね、本当にごめんなさい」

「詠美さんと盛り上がっていたのだろうが、連絡の確認や返信は社会人として当然のマナーだ。だから美花は、いつまでも細々《ほそぼそ》とした仕事しかできないんじゃないか？」

「……はい」

肩を竦《すく》め、小さな声で返事をした。

するとと、兄は私の頭を撫で、打って変わってやさしい声色で言う。

「美花。勘違いしないでほしい。俺はいつも美花のためを思って言っているんだから。わかってくれてるよな？」

「はい。わかってます」

従順に返すと、さらに兄は満足そうに口元を緩める。

「俺の美花は、やっぱり素直で可愛いな。さ、今から別の服を買いに行って、そのままお茶でも飲みに行こう」

「えっ。別に服は買わなくても」

咄嗟に本音で返してしまった。この服は私にとって特別なものだったから。

失言したと気づくも、少し遅かった。兄は私の顔を覗き込み、にっこりと口の端を上げて声のトーンを落とす。

「……美花にはもっと似合う服があるだろう？　一日遅れたが、クリスマスプレゼントに服も買ってやる」

私は目を合わせられず、小声でお礼を伝えるのがやっと。

そして、私は兄のあとについていき、近くのパーキングに停めてあった兄の車に乗り込んだ。

4. 太陽でも月でも星でも

あれから数日が過ぎ、年が明けた。

年末年始の過ごし方は、例年通り。実家で過ごし、家族で初詣《はつもうで》に行ったり、親戚の家に挨拶に行ったりしていた。

しかし、例年通りではないことがひとつだけ。

それは、駿矢さんとの連絡のやりとりだ。

私たちはあの日から直接会うタイミングがなく、メッセージのやりとりをしていた。

駿矢さんは頻繁《ひんぱん》にメッセージをくれていた。その内容は、本当にささやかなものばかり。でも私はそれがなんだかうれしかった。彼の日常に入れてもらえた気がして。

一度だけ通話もした。家族の目を盗んで、こっそり新年の挨拶を。

ほんの数分で終わってしまった通話は、不思議なほど温かい気持ちになった。

スマートフォンを見るだけで、胸がきゅうっとなる。あの日からたった数日しか経っていないのに、彼の声を思い出してはまた会いたいなと思いを馳せる。そんな自分がいたことに驚いた。

そして、いつにもまして長いと思っていた三が日も終わり、ようやく自宅アパートに戻れた今日。小さな座卓の上に置いたスマートフォンを、正座してジッと見る。

考えてみたら、連絡は常に彼から。

通話はハードルが高い。メッセージくらいなら……私からでも送れるかな。

真っ暗なディスプレイを見つめて、すでに数分が経つ。ただ眺めていてもなにも始まらない、と意を決して手を伸ばした。

どういうことを送ればいいんだろう。新年の挨拶はこの間、通話で済ませてしまったし。これまで駿矢さんはどんなメッセージを送ってきてくれていたっけ。

メッセージアプリを開き、中身を遡る。

【納会に強制参加させられた。行ってくる】とか【実家はどう？】とか。本当に取り留めのない短文だ。それらを眺め、スクロールしていく。

次に、【うちの親から送られてきた画像】と飼い猫の画像が流れてきた。

「可愛い」

思わず口からこぼれ出た。

ご両親から飼い猫の画像が送られてくるなんて、微笑ましい。グレーの毛色の猫がカメラ目線で写った愛くるしい写真を見て、頬を緩ませる。

実家の話になったとき、せっかく帰国しているのに実家には帰らないのかと聞いてみた。すると、ご両親はもうずっと日本にはおらず、ドイツに定住しているらしい。

スマートフォンをテーブルに置き、宙を見る。

あれから少し気になっていた。この先の私たちの関係について。

ご両親もドイツにいて勤務先もドイツなら……駿矢さんが日本で暮らすことはもうなさそう。

彼はオフシーズンが明ければドイツに戻る。そして、私はこっちで仕事をしながら暮らしている。つまり、遠距離恋愛というものになるのでは？　遠距離恋愛は大変だと聞いたことはあるし、その苦労は私でもある程度想像はつく。

離れていても、こうして連絡を取り合うことは可能だ。だけどきっと、それで事足りるというなら、その関係は恋人ではないのかもしれない。

それとも、駿矢さんにとってはめずらしくもないことなのかな……。私はどうしたいんだろう。

プレシジョンズモーター社に到着し、インフォメーションで受付をしてエレベーターホールに立つ。エレベーターを待っていると、到着したエレベーターから偶然駿矢さんが降りてきた。

一瞬、驚きで固まったものの、平静を装って頭を垂れる。

「お世話になっております」

ほかの人たちがエレベーターに乗る中、私はそれを見送って彼と向かい合う。

「森野辺さん、打ち合わせが終わったら、食事でも行きませんか」

こんな場所でさらりと誘われたことがあまりに衝撃的で、咄嗟に返答できない。

私は周囲を見回し、小声で返す。

「駿矢さん。いくらここがご自分の会社ではなくても、関連会社なわけですから、職場でそういった発言は控えたほうがいいのでは」

今は周りに誰もいないけれど、いつ人が来るかわからない。

そんな心配から差し出がましくも注意をしたのに、彼はまったく動じない。

「このくらいは大丈夫さ。それに、好機が訪れたら逃したくない性質《たち》なんだ。それで、今夜のデートの誘いはOK？」

今度は『デート』だなんて具体的な単語が口から飛び出してきたので、こちらのほうがあたふたしてしまう。

「さすがにその誘い文句は大丈夫じゃないと思います」

すると、駿矢さんは慌てふためく私を見て、目を細めながら笑い声を漏らす。

そんなふうに楽しそうな顔をされると、危機感も薄れちゃう。

「打ち合わせのあと……空いています」

小さな声で答えながら、頬が熱くなっていくのを感じた。

「よかった。じゃ、詳細はメッセージで入れておく」

彼は終始いつも通りで、私みたいにドキドキもしていなさそう。度胸があるというか、なんというか……。

駿矢さんが去っていき、「ふう」と息を吐く。再びエレベーターのボタンを押し、表示ランプを見上げて待つ間も、今しがたの誘いを思い返してそわそわする。

それにしても、駿矢さんは自分が所属しているわけではない子会社にも、まめに訪問してるんだ。彼にとって貴重な長期間のオフのはずなのに。もしかすると、ここ以外にもいろいろと回っているのかも。

表示ランプを見上げながらあれこれ考えていると、ふいに横から声をかけられた。

「久しぶり」

「えっ？　あっ、丹生さん⁉」

そこにいたのは、ラスベガスでお世話になった丹生さんだった。

思いがけない再会に言葉が出てこず固まっていると、次のエレベーターが到着した。空になったエレベーターに先に乗り込んだのは丹生さんで、私は慌ててあとを追うように乗り込んだ。

「二十一階でいいかな？」

「あっ、はい。ありがとうございます」

ボタンを見ると、一か所しか点灯していない。どうやら丹生さんも行き先は同じ階だったみたい。

エレベーターの扉が閉まり、中は私と丹生さんのふたりきり。

「びっくりしました。お仕事でこちらに？」

「いや、一応休暇中」

「休暇中に……こちらへ訪問を？」

咄嗟に疑問が口をついて出た。直後、はたと思い出す。

「そういえば、佐光さんの秘書をされていらっしゃるんでしたね。佐光さんを追いかけていらしたとか？　だけどオフシーズンだと伺いましたし、休暇も兼ねていらっしゃるとか？」

「休暇は何日かだけね。オフシーズンでも佐光の仕事はあるから、俺が急ぎの件はないかとかチェックしなきゃならなくて、同時に長期間休むわけにはいかないんだ」

そう説明されると納得する。駿矢さんがいないときだからこそ、彼の片腕でもある丹生さんが代わりに不在の穴を埋めているのだろう。

「とはいえ、オフシーズンは比較的多めに休めるように年間で調整はしてるから。俺もこっちに戻ってこられるタイミングはオフシーズンを逃すとなかなかないしね」

「そうなんですね。あの、佐光さんをお探しでしたら、先ほど出られてしまったようですが」

「あー、そうなのか。裏口から入ったのが裏目に出ちゃったな。うーん。でもここまで来ちゃったから、先に知り合いに挨拶することにするよ」

私は苦笑交じりに話す丹生さんを見て、閃く。

「電話するのはどうでしょう？　まだ近くにいると思うので」

さっき駿矢さんは特段急いでいるふうでもなかった気がするから、丹生さんが呼び戻せば来てくれるかもと思うのだけど。

すると、丹生さんはおもむろにコートのポケットからスマートフォンを取り出してみせる。彼のスマートフォンは画面が粉々にひび割れていた。

「いやあ、実はさっきこっちに着いたばかりなんだけど、急いでたらスマホを落として壊しちゃって。でもここに佐光がいるのは知ってたから直接来てみたんだよね」

「これは……ひどいですね」

「携帯ショップは夜まで営業してるでしょ？　いやあ、そういうところはいいよね、日本。すごく助かる」

再びスマートフォンをしまう彼に提案する。

「でしたら、私から『戻ってもらいたい』とお電話しましょうか？」

「ありがとう。気持ちだけもらっておく。森野辺さん、これから仕事でしょ？」

丹生さんが遠慮した直後、エレベーターが目的階に到着した。私が先に降り、丹生さんもあとに続いて降りる。

エレベーターホールでは、以前案内してくれた女性の社員さんが私を待っていてくれた。しかし、丹生さんが「僕が案内するよ」と声をかけ、彼女は一礼するにとどまった。私も女性社員の方に一礼し、丹生さんについていく。

「俺、LITJIN本社に入社したあとは営業部に配属されてね。その頃は、とにかく知識を深めたくて、ここで部品から学ばせてもらってたんだ。ほかにもお世話になったところがいくつかあるよ」

「そうだったんですね」

さっきの女性も丹生さんのことを知っているふうだった。

丹生さんは、応接室までの道のりを歩きながら過去を懐かしむかのごとく、柔和な顔つきで話し続ける。

「この間フリー走行を見てもらったからイメージしやすいと思うけど、あれだけのスピードで走行するマシンだ。精密さがなきゃレーサーも危険に晒《さら》されてしまう」

「確かに……」

「部品ひとつひとつがマシンの出来を左右する。ミクロン単位の正確さとかね。とはいえ、この工場で扱っているのは俺たちが乗るマシンの部品じゃなく、一般車向けだけなんだけど」

ミクロン単位の正確さ——F1の世界はまだまだ知らないことばかり。けれども、私でもなんとなくその大切さは理解できる。それはやっぱり、丹生さんが言ったようにラスベガスで、この目や耳で直接感じたからだと思う。

「レースって娯楽みたいに思う人もいて、自分には関係ない世界だって感じてる人も少なくはない。だけど、本当はそうじゃないんだ」

「娯楽、というにはあまりに緊張感のある世界ですよね」

「うーん。それはそうなんだけど、俺が言っているのは別の意味」

別の？　私の理解力が乏しくて、丹生さんの伝えたいこととずれているとわかり、申し訳なくなる。

そんな私の心境を察したのか、丹生さんはやさしい笑顔で言う。

「わかりづらくてごめん。俺が言いたかったのは、レースに興味ある人もない人もみんな直接的に関係しているってこと」

私はやっぱりまだわからなくて、丹生さんの顔をジッと見つめ、続きを待つ。彼は足を止め、真剣な瞳で前を向きながら続ける。

「佐光みたいに、極限を攻めて攻めて……そして無事に完走して、勝つレーサーがいてくれる。俺たちチームはそのデータを活かして、機能性や安全性の高いマシンとして一般化していってるって話だよ」

「あ……そういう！」

私たちの日常生活で乗っている車に活かされている、ということだったのね。

「一般向け自動車の性能の百パーセントを担っているわけじゃないけど、佐光たちプロレーサーが走りの限界を極めてくれるからこそ、得られるものもあるってことさ」

「改めて、私とは別次元の世界で活躍されていらっしゃるんですね」

「森野辺さんは、もう仲間なんじゃないの？　海外クルーの架け橋になってくれるんでしょ？　佐光から少し聞いたよ」

思いがけない言葉をかけられ、返答に間が空いた。

『仲間』だなんて、おこがましい。もちろん、架け橋になるきっかけくらいにはなれたらいいなとは思うけれど。

「いえ、私はそんな……」

首を横に振って返すと、丹生さんはさっきまでの凛々しい雰囲気から一転、諭すように穏やかな口調になる。

「森野辺さんも、もう知ってるだろ？　マシンがどれほどのスピードで走るのか」

私はその質問に頷いた。

「あのスピードで多くのチームが一斉に走るとなれば、クラッシュする場面にも遭遇する。だけどレーサーはそんな場面の中でもブレーキを緩めず、周囲の動きを読み、巧みな操作で躱していく。集中力を切らさないんだ。じゃなきゃ命取りになる。佐光が立っていた世界はそういうところなんだよ」

後半になるにつれ、彼は深刻に、けれどもどこか高揚して話した。

きっと、丹生さんが駿矢さんに惹かれ、尊敬している理由のひとつが、今説明してくれた部分なんだろう。

ラスベガスでは、どこか漠然とした思いで走行風景を眺めていた。言われれば、大事故に繋がりかねない死と隣り合わせの瞬間でもあったのだ。

駿矢さんのいた世界をリアルに想像するにつれ、恐怖心に胸が震えた。

すると、丹生さんがニコリと微笑みかけてきて、少し気持ちが和らぐ。

「つまり、なにか重大な判断を迫られたとき、思いきって決断できる人間なんだ。そんな人が君を推薦したんだ。君はもっと自信を持っていいと思うよ」

「そう、ですね。ありがとうございます」

なんだか胸がくすぐったい。こんなふうに他人からストレートに評価されるのは、オーストラリアにいたときにお世話になった職場で以来な気がする。

いつもなら、謙遜を通り越して自虐気味になりがちなのが、今回はそうならなかった。正確にいうと、なれなかった。今の話の流れで私が自分を否定すると、私を推薦してくれた駿矢さんも否定することになると思ったから――。

「で、森野辺さんは佐光のこと、受け止めてくれたのかな?」

「えっ?」

突如投げかけられた質問に動揺する。

丹生さんは片手を口に添え、楽しげに笑い声をあげた。

「佐光を六年近くで見てきてるからね。彼の変化には敏感なんだ。佐光にとって君は特別な人だってことくらい、わかってる」

長らく駿矢さんと一緒にいる彼がこう話すくらいなのだから、駿矢さんは本当に私のことを特別視してくれているのだと実感せざるを得なかった。

ほかでもない、駿矢さんの相棒的存在の丹生さんだ。事実を伏せる必要もない。なのに、『恋人になりました』と返すことがこんなにも気恥ずかしく、言いにくいとは初めて知る。

もたもたしていたら、廊下の向こう側から約束をしていた水波さんがやってきた。

「森野辺さん！　……と、あなたは、ええとドイツ支社の」

「丹生です。いつも佐光がお世話になっています」

水波さんが丹生さんを思い出し、挨拶を交わす。私はふたりを眺めつつ、心を落ちつかせた。

「では。僕は常務に挨拶をしに行きますので」

「そうですか。あ、森野辺さん、お待たせしました。どうぞ中へ」

水波さんに応接室へ促される。

一瞬丹生さんに視線を向けると、彼は軽く手を振って去っていった。

打ち合わせが終わったのは、午後五時頃。

水波さんに挨拶をして、エレベーターの中でひとりきりなのを確認すると、スマートフォンのロックを開く。次の瞬間、思わず「え⁉」と声が出た。

【オフィスのロビーで待ってる】

受信したメッセージ内容に驚かされ、たった一文にもかかわらず、何度も読み返してしまう。

だって！　さすがにロビーで待ち合わせっていうのは……！　確かにこのオフィスは大きくて、ロビーも広いから目立ちにくいのかもしれない。とはいえ、ここの社員になにかよからぬイメージを与えてしまったら……。それとも、あくまで子会社だし、案外駿矢さんのことを知られていないのかな？

あれこれと考えを巡らせているうちに、エレベーターは一階に到着する。

慌ててロビーを目指すと、ギクリとして足が止まった。

ロビーの窓際に観葉植物と一緒に並ぶソファ。そこに腰をかけている男性は、間違いなく駿矢さんだった。コートを片手に抱え、すらりとした足を組みスマートフォンを眺めている。

めちゃくちゃ目立ってる……。その姿は、おしゃれなオフィスの景観も相まって、さながら雑誌に載っている有名人のインタビュー風景のワンカットだ。そして、当然そんな人物がいたら、横切る人たちは興味を引かれて誰もが彼を振り返る。

すごいのは、女性だけではなく男性の視線をも奪っていること。彼の鍛えられた身体つきとルックスのよさには、男性も憧れに近い感情を抱くのかもしれない。

駿矢さんだけでなく、その周囲を含む光景を茫然と見ていたら、ふいに彼の顔がこちらを向いた。

「美花」

スッとソファから立ち、嬉々《きき》として私の名前を呼ぶ駿矢さんに、心臓が跳ねた。私は突発的な動悸をごまかすために、よそよそしく一礼する。

彼が私のもとに移動すると、周りの人たちの視線も自然と私のほうを向いた。

「お待たせしました。少し予定より長引いてしまいまして」

あえてビジネスライクに話をするも、彼は変わらぬスタンスで距離を詰める。

「時間は守るよう、俺から水波さんへ言っておこうか?」

「とんでもない！　大丈夫です。私はフリーの講師なので、こういった約束はいつも詰め込まず余裕を持たせていますから」

私は再び駿矢さんとの間に適切な距離を取ってから、ぽつりと続ける。

「それに、仕事をしている時間は私にとっては至福なので」

仕事をしている自分が好き。これといって特別秀《ひい》でたものは持っていないけど、日本語を学びたいと思う人たちの手伝いができることがうれしかった。

駿矢さんはそれを受け、「ふ」とやさしく笑う。

「美花らしい回答だな。仕事のスケジュールに余裕を持たせているのは、楽したいからじゃなく、相手ときちんと向き合って話をする時間を確保しているんだろ?」

無意識に彼を見つめた。

普段から否定されることが多いから、こんなふうに肯定されるのは戸惑う。

私をいつも認めてくれるのは詠美。父や兄は試験合格など、わかりやすい結果は認めてくれても些細な部分は重要視しない。母は父たちの意見に同調するだけ。

海外では生活や文化の違いに慣れることに必死で、自分を主張するのは二の次だったから。……ううん。自己主張は元々苦手なんだった。

いろんな感情に振り回されて言葉を出せずにいると、駿矢さんが私の手に触れようとする。私は咄嗟に手を引っ込めた。

駿矢さんの反応を窺うと、びっくりしているみたい。

私も自分の態度を顧《かえり》み、反省して小声で言った。

「ごめんなさい。でも、手は……せめてオフィスの敷地を出たあとに」

「ああ。ついオフの感覚が抜けなくて。悪かった」

笑顔を見せてくれて、ほっとする。

私たちは、人ひとり分の距離を取ってエントランスをくぐる。

「あんなふうにロビーで堂々と声をかけたら、会社の方たちの手前、困ることになりませんか？」

「困るって？」

「取引先の人と深く関わりすぎているところを見られたら、悪目立ちしてしまうというか……」

「あの程度は平気だろ。俺を知ってる社員なら、美花が俺の知り合いだってわかってるはずだから」

そう説明されれば、確かにそもそも今回の仕事は駿矢さんがきっかけを作ったのだから、声をかける程度はおかしくはないのか……。

過敏になっていたと思うと、ちょっと恥ずかしい。

「そういえば丹生さんにお会いました。駿矢さんにご用があったようですけど」

「ああ、さっき連絡来た」

「それはよかったです」

スマホ、無事に換えられたんだ。丹生さんには画面が割れたスマートフォンを見せられていたから、安心する。

オフィスの敷地外に差しかかったとき、駿矢さんは空を見上げた。

「日の入りはこっちも同じくらいなんだな」

東京の冬は、今くらいの時間には陽が沈む。確かヨーロッパのほうも日の入りはそこまで時間に差はなくて、日の出が遅めだったはず。

駿矢さんの視線を辿り、私もビルの隙間から覗く空を見つめる。

真上は群青色。下のほうは橙《だいだい》色で、空にグラデーションが作られている。

「トワイライトタイム、か。空の下側に微かにオレンジ色が残ってる。綺麗だ」

彼は相変わらず遠くを見たままだったけど、わずかに口角が上がっていた。

私も再び前方の空を眺めながら答える。

「じゃあ、このあとは夜のとばりが降りていきますね。あの少しもの寂しい感じ……。私、嫌いじゃないんです」

不甲斐ない自分も、闇夜に紛れて隠れられる気がして。

そのとき、ごく自然に手を繋がれた。驚いて顔を戻すと、駿矢さんはニコッと笑う。

こうやって誰かと手を繋ぐなんて、幼少期以来な気がする。

……あ。でも、この間箱根で……。

あの夜を思い出し、たちまち顔も手も、全部が熱くなる。何度考えても、信じられないことをした。まさか私が男性と急遽とはいえ、外泊をするだなんて。

だけど嫌な思い出はない。むしろ、すごく楽しかった。

横目でちらりと駿矢さんを見る。

私、日一日と駿矢さんの存在が大きいものになっていっているみたい。

彼の手の温もりを感じているとき、ふいに頭を過る。

そんなふうに心の変化が生まれたところで、彼は遅くとも春になる前には日本からいなくなるのに。

私は手を引かれているのをいいことに、歩きながら俯いた。

勇気を出して聞かなきゃならない。問題を先延ばしにしていては、なんの準備もできないのだから。

繋いだ手に汗をかきそうなほど、緊張する。ひとつ目の横断歩道で立ち止まった夕イミングで口を開いた。

「あの、すみません。確認したいことがあるのですが」

「うん。なんでも聞いて」

緊張している私とは違って、彼はリラックスした様子だ。

「駿矢さんって……日本には、あとどのくらいいらっしゃる予定なんでしょう？」

遠回しな聞き方をしちゃった。本当は、私たちの恋人関係はどのようになるかを知りたかったのに。

でも、なんだか答えを聞くのが怖くなってしまって。

彼は一瞬目を大きくさせたが、すぐに元の雰囲気に戻る。

「美花がいるなら、ずっといたいな」

想定外の軽い返しに衝撃を受けた。信号が青に変わったにもかかわらず、立ち止まったまま思わず指摘する。

「なに言って……無責任なことはだめです」

彼の決断力はこんなところで使うべきじゃない。

心からそう思って、私は駿矢さんをジッと見つめた。

歩行者は次々と私たちを追い越して横断歩道を渡っていく。

いつもならすぐに周りの迷惑を考えて避けられたが、今はそこまで気が回らず、駿矢さんのことだけが気になっていた。

するると、彼はなぜかうれしそうに頬を緩める。

「その顔だ。オーストラリアで俺に活を入れてくれたとき、同じ顔をしてた」

「か、活だなんて。私はただ話を聞いていただけで」

どんな顔をしているというの？

自分では全然わからなくて困惑する。

私は顔を隠すように、そっぽを向いた。視線の先の薄明の空を眺めながら、過去を思い返す。

「自分のことは……よくわかりません。ですが、あなたが今とは別の雰囲気だったことは覚えてます」

私のせいで、気づけば二度目の赤信号。それでも彼は、合わせてくれている。

今、目の前にいる駿矢さんを思えば、そんな対応も不思議ではない。けれども、あのときの彼ならどうだっただろう。

「ちょっと話しかけづらい空気をまとって、目を合わさないようにして壁を作っている、そんな印象でした」

駿矢さんは一笑する。

「他人と信頼関係を構築するのが面倒だって、斜《しゃ》に構えてるふうな人間を演じてたんだよ。今思えばな。それが美花と言葉を交わしていくにつれ、決壊した。窮地に陥っていた俺を……拗《こじ》れて崩せなかった壁に、小さな穴を開けてくれた」

いつしか私の瞳には彼しか映っていなかった。

あのときほとんど目も合わせてくれなかった彼が、今ではこんなにもまっすぐ私を見つめている。その両眼の奥にある繊細な感情を感じ取り、胸の奥が温かくなる。

「――と、俺はずっと思い続けてきた」

私に向けられた柔らかで温かい微笑み。

私と出会ったことがきっかけで、彼がこんな表情をできるようになったのなら、心からよかったと思う。

街の喧騒もどこかへ行き、代わりに自分の高鳴る鼓動が聞こえてくる。

進行方向が青信号に変わったらしい。周囲の人々が一斉に歩き出したのをきっかけに我に返った。

「ええと、さすがに今度こそ渡りましょう」

もごもごと口ごもりながらそう言うと、彼は「そうだな」とまた笑った。

なんだかおかしい。彼に触れられたり、笑いかけられたりするのはこれが初めてではないのに。なぜ、私の心臓はどんどん大きな音を立てるの？

彼の目がこちらを向くだけで、こんなにも……。

「シュン！」

横断歩道を渡り終えるや否や、突然女性の声がした。

次の瞬間、駿矢さんが見るからに日本人離れした容姿の女性に抱きつかれた。その拍子に繋いでいた手が離れる。

「エマ」

駿矢さんは、多少驚いた様子ではあるけれど、私ほど動揺していない。さらに、『エマ』と彼女の名前とおぼしきワードを口にしたところを見れば、ふたりは知り合いらしい。

女性は駿矢さんの首に腕を巻きつけたまま、話し出す。

「オフシーズンになって、やっと一緒に食事に行けると思ったのに、シュンがもうドイツにいないって知って。ユキオを問い詰めたの！」

ユキオって……あ、丹生さんの名前？

「なんで？　いつもなら一か月くらいドイツでのんびりして、それから日本に来てるじゃない。それに、滞在期間もいつもと比べて断然長いっ」

駿矢さんは軽く口を尖らせたエマさんと、冷静に距離を取る。

「エマ、離れて」

駿矢さんのひとことで、エマさんは渋々と彼から離れた。

「丹生から同じ便で日本《こっち》に来てることは聞いてた。でも俺がここにいることは話してないって報告があったが」

「ごめんなさい。ユキオのあとをついてきたの。でもこのあたりで見失って」

駿矢さんはため息をつく。

「そんなことだろうと思った。丹生が、エマを撒くときにスマホを落として壊したと言ってたぞ」

しゅんとするエマさんを見て、頭の中で情報を整理する。

彼女はきっとドイツ在住で、駿矢さんの知り合い。そして、丹生さんとも知り合い……。丹生さん、おそらく彼女が来日したことを駿矢さんに伝えたかった？

ただ、わからないのは彼女について――。

胸の奥がざわっと騒ぐ。すると、駿矢さんが私の腰を引き寄せた。

「エマ、紹介するよ。彼女は森野辺美花さん。フリーの日本語教師で、うちの子会社もお世話になることになった」

手を繋いでいたときよりも距離が近くて、ドキッとする。エマさんは涼やかな目をこちらに向け、右手を差し出した。

「ふうん。初めまして。Emma《エマ》です。あ、ワタシ、母が日本人だから日本語ＯＫよ。敬語はちょっと苦手だけど！　よろしくね」

私は「よろしくお願いします」と返し、彼女と握手を交わした。

「彼女は俺がいたチームの元レースクイーンで、そのときからのつき合い。今はうちのメーカーの自動車販売店舗で働いてる」

「本当はシュンの秘書がよかったんだけど、ユキオが譲ってくれないのよね」

不服そうにぼやくエマさんは、どうやら本当に丹生さんを羨《うらや》んでいるみたい。

改めて彼女を見ると、元レースクイーンというのも頷けるほど、とてもスタイルがいい。細い首筋、すらりとした手足。身長は百七十五センチくらいかな。襟元にふわふわなファーがついた、膝丈の黒いコートがよく似合う。

透き通るような白い肌に、唇に塗った赤いリップが映えてとても似合っているのが印象的。ダークブロンドのウェーブがかかったロングヘアをかき上げる様はセクシーで、同性の私もドキリとする。

「譲るとかそういうものじゃないからな」

「もう、相変わらずクールなんだから。ね、ディナー行こうよ。日本はしばらく来てないから忘れちゃった。シュンがエスコートして？」

エマさんは人目も憚《はばか》らず、駿矢さんの腕に絡みつく。

「エマ、俺は今日彼女と」

「私のことは気にしなくてもいいですよ！　遠くからいらっしゃったようですし」

慌てて口を挟んだものの、胸の奥がチリッとしてうまく笑顔を作れない。

私……怖いのかもしれない。駿矢さんは私と違って、広いコミュニティを持っているなんてわかっていたはずなのに。いつの間にか、その中で自分の居場所が確立されている気になっていた。

このままだと、私が彼から離れられなくなってしまいそう――。

途端に恥ずかしさと不安に襲われる。

俯きかけたとき、エマさんが明るい声を放つ。

「ほら！　ミカもいいって言ってるわ！　アフターまで仕事相手と食事なんて、ナンセンスよねえ？」

「えっ？　あ……私は仕事関連の方にお誘いいただけるのは光栄だと思ってます」

フレンドリーなエマさんに、どうにか笑顔を取り繕って答えられた。平常心を取り戻そうと胸に手を当てる。

「なら、三人で行こう。それでもいい？」

彼はエマさんではなく、明らかに私に尋ねていた。

「え……でも」

ちらっとエマさんを見れば、なにか言いたげな目を私に向けている。

ふたりきりで食事に行きたいんだよね、きっと。ここは彼女を立てるべき？　でも、駿矢さんのまっすぐな視線も痛くて……。

迷いに迷った私は、おずおずと首を縦に振り、「はい」とひとこと答えた。

恐る恐る顔を上げた先のエマさんは、少し怖い顔をしていた。


私たちは近くにあったダイニングバーで談笑していた。

入店してもうすぐ二時間が経つ。話の中心になっていたのはエマさんだ。

「有給使って来たの。ワタシの有給はいつもオフシーズンに使うって決めてるから！本当はシーズン中もシュンを追っかけて回りたい気持ちはあるんだけどね。まあ今はシュンが走るわけじゃないし」

私が相槌《あいづち》を打つ中、駿矢さんは黙々と飲み物を口に運んでいた。

彼女はとりあえず日本に来て、帰りのチケットは予約していないらしい。ホテルも丹生さんが東京駅からそれなりに近い『ペトゥル・サクラ』という有名ホテルを予約してくれていると言っていた。

エマさんは近くを通ったスタッフにお酒を追加オーダーし、再び話を続ける、

「現役当時のシュン、めちゃくちゃかっこよかったのよ。あっ、もちろん今も素敵よ。あの頃と違って、身体もひと回り大きくなってますます頼りがいが出てきて」

「現役を退いたあとも、応援されてるんですね」

「そうよ。四年前から今日までずーっと」

エマさんはスタッフから追加したお酒を受け取るなり、話し続けているせいで喉が渇いていたのか、ゴクゴクと飲んだ。

「エマは昔から変わり者だったんだ。勝てもしない、チームのお荷物だったときの俺を進んで応援してくれていた」

久方ぶりに駿矢さんが口を開くと、彼女は前のめりで返す。

「誰だって不調なときはあるわ。人生ずっと絶好調なんて人間はいないもの」

「そうですよね」

私が同意した直後、駿矢さんはスマートフォンの画面を見ながら席を立つ。

「シュン?」

「すぐ戻る」

駿矢さんの背中を見送ったあと、彼が飲んでいたグラスに目をやる。

駿矢さん、ずっとノンアルコールだよね。仕事が残ってるのかな? さっきスマートフォンを気にしていたようにも見えたし。でも、今本業のレースのほうは休みなんじゃ……?

疑問が浮かぶも、なにも解決しなかった。ふと、エマさんとふたりきりだと意識して、緊張し始める。しかし、彼女は別に気にしていないらしく、先ほどまでと変わらずお酒を片手にまた話を始めた。

「忘れもしないわ。レースでオーストラリアへ行ったときのことよ。あのときから、シュンは変わった。みんなはすぐ気づいてなかったみたいだけど、ワタシは誰よりも先に気づいたの」

オーストラリア……。駿矢さんが変わった日……?

「熱を出したシュンをひと晩じゅう、ワタシが看病して」

「熱?」

それって……私と会った日だったりして。あの日、雨宿りはしていたけど、すでに雨に打たれたあとだった気がするし……。

「そう。数日後にレース本番を控えてたから、大変だったのよ！　でも翌日すっかりよくなったとき、シュンはこれまでとはまったく別の顔をしてた。なんだっけ？　なにかが『落ちた』顔？」

「憑きもの？」

「あ、きっとそれね。本当、日本語って難しい」

エマさんは軽く頭をかきながらつぶやく。その姿は、なんだか私が教えてきた生徒と重なって見えた。

「ねえ、ミカのナンバー教えてくれない？　私、こっちに頼れる人っていなくて」

「あ、はい」

急いでスマートフォンを出し、連絡先を交換する。エマさんが登録し終えているのに対し、不慣れな私は少しもたついていた。

ようやく登録完了して、エマさんを見る。すると彼女は、「さっきの続きだけど」と話し始めた。

「熱から回復したあとのシュンはすごかったのよ。集中力も目に見えて変化があったし、どんどんスピードも走りのクオリティも上がって……チームの雰囲気もよくなっていっているように見えたわ」

エマさんの瞳は、次第に今日一番の輝きを放っていった。

「ワタシ、初めはなんとなく続けてただけなの。ええと、日本ではレースクイーンっていうのよね？　レースクイーンをしていたらシュンにひと目惚れして、応援し続けてたおかげでF1も好きになった。だから今、車関係の仕事も楽しめてるのよ」

彼女の言動のそこかしこにひたむきさを感じ、同時に眩しくて直視できなくなる。

「ミカもシュンが好きなの？」

突然、質問されてどぎまぎした。

私がなにも返せずにいると、エマさんはにっこりと口角を上げる。

「でも、ワタシが一番シュンのこと好きだから。負けないよ？」

表情は笑っているのに、この威圧感はなんだろう。彼女は人前に出る仕事をしていたのもあり、自信に満ち溢れているのかもしれない。

私はふと、彼女に対し羨望を抱いた。

そこに、席を外していた駿矢さんが戻ってくる。

「シュン、遅い～」

エマさんは、駿矢さんの前では本当にうれしそうな顔をする。こんなに魅力的な女性にストレートに好意をぶつけられたら、駿矢さんだって悪い気はしないはず。

「会計を済ませてきた。そろそろ出よう」

そう思った矢先、彼がエマさんにドライな対応をするものだから、私も驚いた。

「えー。もう？」

「美花は明日も打ち合わせがある。迷惑を考えろ」

彼は淡々とそう言って、お店を出る。私とエマさんもあとに続き、外に出た。

「ねえ、仕事があるのはミカだけでしょ？　シュンはオフじゃない。なら、ふたりでお酒飲もうよ。あ、ワタシが泊まるホテルは、バーもついてるって言ってたよ！」

エマさんが甘えるような声で訴えても、駿矢さんは容赦なく一蹴《いっしゅう》する。

「だめ。さっきアプリでタクシーも手配したから、おとなしく帰れ」

「えー。嫌よ」

ふたりのやりとりを見ていると、なんだか胸がモヤモヤとしてしまう。

そうこうしているうちに、店の前に『迎車』とランプがついているタクシーが止まった。

「あの車ですよね？　駿矢さんが呼んでくださったタクシー。私が先に帰ります。駿矢さん、今日もごちそうになっていまい、すみません。ありがとうございました」

ざわめく胸の内をどうにか落ちつかせたい。その一心で、私は失礼を承知で先にタクシーを使わせてもらおうとした。

次の瞬間。駿矢さんは私の腕を掴んで引き寄せるだけでなく、そのまま厚い胸板に抱き留めた。

「エマ。このタクシーはエマのために呼んだんだ。行き先ももう伝えてある」

彼の胸の中からエマさんの驚いた顔を見て、慌てて離れようと試みる。だけど、駿矢さんが私の腕をしっかり掴んで離さない。

エマさんはさっきまでと違って、低めのトーンで言う。

「別にミカが先に乗ってもいいじゃない。行き先はいくらでも変更きくでしょ？」

「彼女とはまだ話がある」

「話ってなに？　どうしてさっきしなかったのよ。ああ、仕事の話？　それならワタシ、どこかで待ってるから終わってからでも」

「そうじゃない」

駿矢さんは腕を離した手で今度は肩を抱く。

「美花は俺の恋人なんだ」

「恋人……？　ミカが？　シュンの？」

「ああ」

恋愛経験のない私にもわかる、気まずい雰囲気。……ううん。気まずさを感じているのは私だけだ。駿矢さんは平然とし、エマさんは私に敵対心を滲ませている。

こういう状況になったとき、誰にどんな言葉をかけたらいいの。

片時も目を逸らさず私を見続ける彼女を前にすると、ひと声も出せない。

「そういうわけだから。なにかあったら丹生に連絡するといい。行こう、美花」

駿矢さんはそう伝えると私を連れ、エマさんに背を向けた。

私はこのまま別れることが心苦しく、彼女を振り返る。

「エ……エマさんっ、お気をつけて」

私の呼びかけに、彼女はなにも返してはくれなかった。

数メートル歩いたところで、ぽつりとこぼす。

「あんなふうに別れて、よかったんですか?」

きっと、駿矢さんは彼女の気持ちにとっくに気づいているはず。初対面の私でさえ、気づいたのだから。

駿矢さんは前を見たまま答える。

「彼女に対して、これまでの感謝の気持ちはある。だけど、それ以上の気持ちはないと、ずっと伝えてきた」

そうなんだ。だけど、彼女は遠路遥々《えんろはるばる》追いかけてくるほど、駿矢さんを想っているんだよね？　それも、もう何年も……。

突如として、足元がぐらつく錯覚に襲われる。

思いを寄せた時間の長さは関係ないと頭でわかっていても、不安になる。

私は彼女に恋をしている。そう気づいたと同時に、彼女に勝るものがひとつでもあるのかと自分へ問いかけ、答えは『NO』だと突きつけられた。

なぜこうも、私は私を信じられないの。

「美花？」

駿矢さんの呼びかけで我に返る。

「あ……私も、もうそろそろ帰らなきゃ」

ここから自宅アパートに着くまでは約一時間かかる。アパートにちょうど着いた頃に、兄からのいつもの連絡が来そうだ。

兄の存在を思い出すと、また別の鬱屈《うっくつ》した気持ちが顔を覗かせる。その気持ちを紛らわせるべく、自然と前髪に手が伸びていた。

「美花はひとり暮らし？　どの辺？」

「はい。三鷹《みたか》駅の近くです」

駿矢さんはすぐさまスマートフォンを操作する。

「単純な移動時間は公共交通機関のほうが若干早いのか。でも車とそう変わらないようだし、美花を送りがてらドライブしよう。車なら家のそばまで送れる。この間は明るい時間だったけど、今日はもう暗いし心配だから」

そうしてプレシジョンズモーター社に戻り、彼の車に乗せてもらうことになった。

駿矢さんの愛車に乗るのは二度目。やっぱりそわそわしてしまう。

そういえば、車は元々ドイツにいる間ここに預かってもらっているとは聞いたけど、駿矢さん自身はどこに寝泊まりしているんだろう。

もっと早く聞くべきことを、まだ全然聞いていない。

車が走り出したあとも、私は黙って考え込んでいた。

「エマを気にしてるなら、大丈夫。見たろ? あの積極性と社交性。会話もできるし、なにも問題ないよ」

駿矢さんは私がエマさんのことを心配していると思ったみたい。

私は取り繕うように笑った。

「美人で明るくて、太陽みたいな女性ですね。さっき、F1を通じて車が好きになったと教えてくれました。きっと職場でも頼りにされていそう。羨ましい」

今口にした内容は、お世辞《せじ》ではなくて本心だ。彼女は私にないものをいくつも持っていて、本当に眩しいくらい輝いていたから。

「美花は自分の仕事、好きじゃないの？」

「いえ……！　好きです。仕事が好きなところだけ、私も共通してましたね」

人を羨むばかりで、自分が大切にしてきたことを忘れていた。

私も自分の仕事が好き。この気持ちは誰かと比べるものじゃなく、私がそう思い続けていられることが重要で、自分の原点になる大切なもの。

「言葉が完璧じゃないからこそ、みんな一生懸命伝えようとしてくれる。私も、なんとか『わかりたい』って耳を傾ける。そして、それが少しずつでも相手に伝わったとき、私も……きっと生徒さんも、すごくうれしくなるんです」

これまで関わってきた人たちの顔が次々に思い浮かぶ。

初めは緊張していたり、難しい顔をしていたりした生徒さんも、時間をかけて徐々に笑顔が増えていった。

胸の中がほっこりした温かさで満たされる。

「あの瞬間があるから楽しいし、これからも続けていきたい」

むしろ、私のほうが救われている。

自分の気持ちをスムーズに、的確に伝えるのが苦手な私にとって、ゆっくりと向き合う時間を取り、何度も言葉を交わすレッスン時間はなににも代えがたいひととき。

「エマが太陽だっていうなら、美花は星に似てる。小さくても光り輝いていて、あたりが真っ暗でも、その光を見ればほっとできるような、やさしい存在」

まるで詩のような言葉には、照れるよりも先に魅了させられた。

ちょうど赤信号でブレーキを踏んだ彼は、おもむろに顔を向け、微笑む。

「太陽でも月でも星でも、それぞれに長所がある。比べる必要はない。美花がエマになれないように、エマも美花にはなれないんだから」

〝そのままでいい〟

そう言ってくれているのだと受け止めた。

ありのままを受け入れてくれる人がいるなんて、幸せなことだ。しかし、私はなぜか素直に喜びきれなかった。

理由はなにかと自分の心の奥を探っていけば、ある感情に行きつく。

私が私を好きになれないから——。

「そういえばオーストラリアで会ったあの日に、熱を出したそうですね。ごめんなさい、あのときなにか貸してあげられるものを持っていたらよかったのに」

パッと浮かんだ話題を出すと、駿矢さんは一度信号が赤のままなのを確認してから再び私を見て言う。

「貸してもらったよ。矜持《きょうじ》も霞《かす》むほどの、シンプルで純粋な心を」

さらに、一瞬のキス。時間にして一秒もない触れる程度のキスなのに、さっきまで抱えていた負の感情が一気に吹き飛んだ。

「赤信号が長くてラッキーだなんて思ったのは初めてだな」

駿矢さんはそんなことを言って笑う。

彼の隣はいつも穏やかな世界だ。

もらう言葉や、やさしい視線のひとつひとつに自信をもらえる感覚。そして、心に光が満ちていくのを感じずにはいられない。


あのあと、たわいもない話をしてアパートまで送ってもらった。

入浴を終えて、ベッドに腰をかけ、充電中のスマートフォンに目をやる。

帰宅して数十分後に、兄から無事に帰宅しているかの確認メッセージが送られてきた。私は多くを語らず、【もう家だよ。お兄ちゃんもお疲れ様】とだけ返信した。

兄は昔から私を過剰に心配していて、大人になった今でさえそれが続いている状態だ。でも、心配をさせているのは私にも原因があるのだろうし、気にかけてくれていることに感謝するようにして過ごしている。

そんな兄の影響下にあるにもかかわらず、私が日本語教師になれたのも、オーストラリアで働けたのも、帰国してからひとり暮らしができたのも、全部詠美のおかげだ。詠美が私の背中を押し、協力してくれたから今の生活がある。

詠美に連絡しなきゃ。きちんと説明できるくらいには、自分の気持ちを見つめて理解できたと思うから。

スマートフォンを手にし、詠美に電話をかける。すると、すぐに応答してくれた。

『もしもし？』

「急にごめんね。今大丈夫？」

『大丈夫よ～。ちょうどお風呂から上がったとこ。なに？　なんかあった？』

詠美の『なんかあった？』は、もはや決まり文句。

それだけ、私がこれまで詠美に心配をかけているということだ。

私は電話にもかかわらず、首を横に振った。

「ええと、あったことはあったんだけど……その、悪い話じゃないから安心して」

『そうなの？　え、じゃあいい話？　それは気になるなあ。なになに？』

詠美の声が幾分か和らいだ。ほっとするのも束の間、このあと慣れない恋愛話をすることに声が上擦った。

どうにか、まずはかいつまんで現況を伝えると詠美が声をあげる。

『やっぱりねー！』

日本で駿矢さんと再会し、現在までの怒涛の展開を報告した第一声が、『ええ！』ではなく『やっぱり』なことに驚く。

「えっ、そ、そういう反応？」

戸惑いながら、ふとラスベガス旅行のときを思い出す。

そういえば、詠美はあのときも似たようなことを予想していたんだっけ。私が怪我をして別行動を取るかどうかとなったときのこと。

駿矢さんが私をホテルまで送る役目に手を挙げると思う、って言っていた。

『私は予感してたよ。佐光さん、かなり美花のこと気にかけてたし、あれは本気そうだなって。帰国するときもあっさりすぎて、逆になにかありそうとはうっすら思ってたんだけど、まさか仕事で繋がるとはねえ』

「なにかありそうって思ってたの……？」

『正確にいうと〝なにかあったらいいな〟かな』

声だけなのに、詠美の表情が見える感覚になった。

そのくらい、やさしく温かい声だった。

『意外だったのは、美花がもう受け入れたってこと。もっと時間かかると思ってた』

「え、っと……なんか、気づいたらこういう感じになってて……」

結局うまく説明できない。でも、本当ごく自然に今に至った。これは、昔一度会ったことがあるだけじゃないと思う。やっぱり彼が魅力的で、惹かれたから……。

『いいと思う。きっとうまくいきそう』

ここまで肯定してくれるのは想定外で、拍子抜けする。

「なんで……？　詠美、どうしてそんなふうに」

『あー。ラスベガスで美花と別行動してるときにね。丹生さんが雑談の流れで、秘密だよって前置きして教えてくれた佐光さんの話を聞いてから、ちょっと』

「え、どんな話？」

『秘密』というワードに、私がここで聞き出すのに罪悪感を抱いたものの、好奇心には勝てなかった。

『彼のそばで働いているこの六年しか知らないけど、本当に彼は完璧なんだって。仕事はもちろんプライベートでも一切浮いた話はないって言ってた。それで、モテるはずなのにあまりにも揺らがない彼に、一度聞いたらしいよ』

「なにを？」

『女性に興味はないのか？　って。そうして返ってきた答えが〝興味があるのはひとりだけ〟って。丹生さんは、それは誰なんだ？　ってさらに聞いたらしいの』

詠美の話を耳に入れ、ドクンと心臓が反応する。

こんなの自意識過剰だとわかっていても、『興味があるのはひとりだけ』という、その言葉に期待してしまう。

『〝オーストラリアにいるくせっ毛の子〟――そう答えてたって教えてもらった。丹生さんは当時、適当にあしらわれたと思ったみたいね。でも美花のことでしょう？』

それは……おそらく私のこと。

丹生さんが適当にあしらわれたと思うのも仕方がない。具体的に聞こえるようで抽象的にも捉えられる答えだもの。

『何年も脇目も振らずに一途に想ってる彼なら……。チームメンバーからも、身近な丹生さんからも、なにより美花が信用できるっていえる人だったなら、たぶんそれはもう巡り合わせだと思ったんだ』

詠美の言葉はうれしいもののはずなのに、どうしても卑屈な気持ちが拭えない。

「だけど、彼にとってはどうなのかな……。もっと相応《ふさわ》しい人がいるかもしれない」

言わずもがな、私の脳裏に浮かんでいるのははつらつとして自信に満ちたエマさんだ。彼女に関しては、嫉妬《しっと》というよりも憧れていると表現したほうがしっくりくる。

視線を落として唇を引き結ぶ。

『相応しいってさ。大抵、第三者が勝手に抱く感情《イメージ》だよね。誰が誰に相応しいとか、あの家には、この立場は、その仕事は……って。そんなの知らないよ。だって一番大切なのは、〝自分がどうしたいか〟だもん』

詠美の意見に自然と顔が上がる。

私、駿矢さんが気持ちを伝えてくれてからずっと、一番に考えていたのは自分のことじゃなかった気がする。

『美花が佐光さんに対して〝もっと相応しい人が〟って、つい考えちゃう気持ちも理解できるよ。それくらい佐光さんってすごい人だと思うから。でも、佐光さん自身の本当の心は、本人にしかわからないし決められない』

「本人にしか、わからない……」

『そうよ。だから考えても無駄なの。美花は美花の気持ちだけ見つめたらいいの』

私の気持ちだけ……。そんなふうにしたことが、今まであったかな。

いつも誰かの顔色や意見を窺ってきた。自分の才能や可能性をなにひとつ信じてあげられなかったから、自分の考えよりも人の意見を優先してきた。

『美花は初めて自分の意志で日本語教師を目指したよね。お兄さんの反対押し切って。それ、後悔してる？』

「――してない」

『ほらね。それは真剣に考えて、自分で決めて進んだ道だからだよ。だから、もしも失敗していたとしても、きっと後悔はしないと思う』

詠美の言葉に、私はしっかりと頷く。

「そうだね。後悔はしないよ」

〝迷い〟は、『誰かのため』に生じたとしても、最後は自分の気持ちに偽りのない決断をする。そうすれば、求めていた結果にならなかったとしても、きっとまた前を向いていられる。

自分の気持ちを優先していいのだと詠美に気づかせてもらって、心が軽くなる。

『大体、美花は素敵なところいっぱいあるんだからさ。あとは、なにごとにも自信を持つだけだよ。ね？』

私を誰よりも理解し、寄り添っては手を差し伸べてくれる詠美の存在に、改めてありがたさを感じる。

「これまでずっとありがとう、詠美」

『えっ、なによ~急に。お別れみたいに』

詠美に指摘され、私は目尻に浮かんだ涙を手で押さえながら「本当だね」と笑って返した。

ふいにオーストラリアから帰国したときのことを思い出す。

『自立自立と急き立てておいて、まさかひとり暮らしを認めないなんて言いませんよね？　海外の治安の悪い街ならまだしも、ここは日本ですが？』

それは、詠美が私の兄に向かって言い放ったセリフ。兄は詠美に圧され、私のひとり暮らしを渋々許諾したという経緯があった。

ああいう自分の意見を、少しずつ自分で伝えていけるようになりたい。そうしたら、詠美にも……駿矢さんにも、もっと好きになってもらえるかな。

きっと私も、私をちょっと好きになれそうな気がする。

5. その未来に幸福を

——三年前、三月。オーストラリア。

俺は市街地レース開催地である、オーストラリアはメルボルンに来ていた。

マシンの調整やチームクルーとのミーティングを重ねる合間のオフ時間を利用し、ひとり行き先も決めず市街をぶらぶら歩いていた。

キャップを深くかぶり、俯きがちに足を進めながら、数日前に宣告された言葉を反芻する。

『シュンヤ。君の実力がこの程度のタイムで頭打ちだとしたら、悪いがもううちに置いておけない。来シーズンまで猶予《ゆうよ》をやる。これまで以上に必死にやれ』

それは雇い主であるスポンサーの、いわゆる〝お偉いさん〟に言われた言葉。

簡単にいえば、成績不振が続いているため崖っぷちに立たされているという状況だ。

俺は幼い頃から父の影響でモータースポーツに興味を持ち、デビューは二十歳と日本では早いほうだった。が、翌年すぐスポンサーを失ってしまった。そのシーズンの結果が散々だったせいだ。

その後、スポンサーを探し回り、二十四歳になる年にようやく新たなスポンサーと縁があった。俺はLIT.H_Racingというチームの本拠地であるドイツに渡った。LIT.H_Racingは、日本にある本社のLITJIN自動車が母体ではあったものの、ドイツに拠点を置く別チームを吸収合併した形のチームだったためだ。

とはいえ、ほかのレーサーをはじめ、チームクルーの九割はドイツ国籍の人たちで、語学勉強もまともにしていなかった俺は、自分のチームのはずなのにアウェイな気持ちで過ごしていた。

ちょっとした調整から、走行パターンの相談、コンディションの悩みまで……。どれも相談できる相手がいなかった。いや。初めは頑張って声をかけた。しかし、伝えたいことの半分も伝えられない事実に愕然《がくぜん》とし、ストレスが溜まるいっぽう。結局、自分から匙《さじ》を投げてしまった。

コミュニケーションは必要最低限。プライベートな話題はおろか、レースに関わる事項でさえ、よほどの内容でなければ省くといったやり方を続けた。すると、当然周囲の目が冷ややかなものに変わっていき、気づけばチーム内で俺は孤立していた。

そんな状況下で、いい結果など出せるはずもなく……。

これまで一度も好成績を残せずにいたら、いよいよ引導を渡されたという顛末《てんまつ》。

「くそっ」

思わず口をついて出た。

上層部の中には、今すぐ解雇してもいいだろうと意見する人もいる中で、社長がチャンスをくれたと聞いた。

来シーズンが終わるまでに……。今シーズンは開幕したばかりだ。つまり、丸二年の猶予ということ。

苛立ちと焦りと動揺と……心がざわつく感情ばかりが胸の中でぶつかり合う。むしゃくしゃして、キャップを脱いで片手で頭を掻き回した。そのとき、手の甲にぽつっと冷たい感覚がした。反射的に空を仰ぎ見る。

雨まで降ってきやがった。さっきまで晴れていたのに、こんなに突然……。どこまでも俺は運に見放されている。

どうせすぐやむだろう。いや。やんでもやまなくても、どっちでもいい。もう、どうでも。

心の中で反発心を露わにしていると、ますます雨粒が大きくなっていった。

「ちっ、なんなんだよ」

舌打ちしたあとから、さらに雨は強くなっていく。

雨をなんとか凌げそうな屋根のある建物を少し先に見つけると、迷わず駆け寄った。

軒下に立っていると、自分と同じように雨宿りをしているらしい女性がいて、思わず目が留まる。

その肩下までの長い髪はウェーブがかった栗色だけど……なんとなく顔立ちや雰囲気にシンパシーを感じる。

日本人？　オーストラリアは多民族国家だ、めずらしくはないんだろうが……。

ドイツに渡ってから、毎日のようにレースの準備や練習、チームメイトとのミーティングに追われ、休日に約束するような友人もいなかった。

そんな環境下に何年もいたせいだ。

見知らぬ相手にもかかわらず、衝動的に声をかけてしまったのは——。

「Are you Japanese?」

「……はい」

その女性は突然声をかけられ、初めは怯えるように肩を窄め、恐る恐る返事をしたといった感じだった。

明らかに俺より年下の女性で、二十そこそこといった顔立ち。背丈は日本人女性の平均くらいかもしれないが、縮こまっているせいか華奢なスタイルのせいか、たとえるなら子ウサギのようで、とても小柄に見えた。

彼女は自分の髪をやたらと気にして、頻りに前髪やら毛先やら触っていた。

「俺も」

自分から尋ねておいて、その先を考えていなかった。そのため、たったひとこと返すだけで終わってしまう。

ぎこちない会話は当然だった。なにも話題はないし、そもそもコミュニケーションを取るのは苦手なほうだ。

なぜ声をかけてしまったんだ。挨拶に続く会話なんてなにも頭にないのに。ああ、まだ雨もやみそうにないし困った。

海外で暮らし、さらにF1チームに所属している環境からか、俺の周りでは男女問わず消極的なタイプはいない。そのせいもあってか、控えめな彼女を新鮮に感じたのかもしれない。

しかし、やはり気まずい雰囲気にすぐ後悔し始める。

自分から声をかけておいて、続く言葉もないなんてかっこ悪すぎる。そう思っていたとき、彼女が言った。

「もうすぐやみますよ、きっと。去年もこんな日があったので」

二、三メートル離れた彼女の横顔を見る。彼女は警戒心を緩めてくれたのか、もう怯えてはいなかった。
そんな彼女の態度にほっとして、変な緊張が解れる。

「ここで生活してるんだ。ひとりで？　いつから？」

彼女はやっぱり控えめで、「はい。昨年からです」と最低限の回答をするだけ。

「なら、一番つらくなる時期だろう」

ぽつりとこぼすと、彼女のクリッとした目がこちらを向いた。

「あー、いや。なんとなく」

彼女のその瞳は、俺を不思議な感覚にさせた。

もうずっと、人の視線を煩わしいと思ってきた。F1に興味のないにわかファンや、結果を出せない俺をよく思わないチームクルー。どれも俺の神経を逆なでするような目ばかり。だけど彼女は違う。鬱陶《うっとう》しさをまったく感じさせない。なぜだ……？

彼女と視線を交錯させながら考える。行きついた答えは、彼女からは俺に対して不必要に踏み込もうとする意志を一切感じられないからだ。

「もしかして、言葉の壁ですか？」

彼女は揶揄《やゆ》するでも同情するでもなく、誠実な表情で尋ねてきた。

俺との距離を縮めたいからとか、俺のメンタルコンディションがよくなるかも、とかそういったお節介な下心も当然なさそうな彼女を前にすると、肩の力が抜ける。

「初めはそれだけだったんだろうな。今は……言葉より心の壁のほうが大きくなってしまった」

あんなに自分の胸の内を口に出すのが難しかったのに、信じられないほど簡単に言葉が出てくる。

「同じ目標を持つ仲間はたくさんいるが、自分はひとりだ」

初めて口にしたことで、自分の感情が明確になる。だが、それはすっきりしたと思うよりも、情けなさや恥ずかしさのほうが勝っていた。

みっともない姿を晒していたと我に返り、平静を装って取り繕う。

「でもそれも今はどうでもいい。それよりも重要なやるべきことが俺にはあるから」

結果を出せば、チームの俺に対する雰囲気も変わる。クビにならず、こんな些細なことでイライラすることもなくなるはず。

はたと、彼女から顔を背けた。

俺はなぜ行きずりの相手にこんな話を……。

動転していると、ふいに彼女がこちらをまっすぐ見て言う。

「私は日頃から、自分の中にある気持ちは時間がかかったとしても、ひとつひとつ丁寧に伝えようって思っているんです」

その内容に胸の奥がチリッとして、大人げなくひとこと返す。

「とっくに試みたさ」

何年も前の話だけど……。

沈黙が続くにつれ、彼女にはなにも非はないのに自分の都合できつく当たってしまったと居た堪れなくなる。

アスファルトに次々打ちつけられる雨粒を見ていたら、彼女から口火を切った。

「そうですよね……。でも、重要なのは『伝え続けること』だと思うんです」

自然とまた視線が彼女にいった。彼女はさっきから変わらず、身体ごと俺と向き合っていて、その真摯な姿勢にもう目を離せなかった。

責め立てられている感覚はない。そのためか、居心地の悪さも感じられない。

いつしか彼女の手の動きや、瞬きひとつでさえ見逃せないくらい、彼女に引き込まれる。

彼女は柔和に口元を緩めた。

「一回目よりも二回目、二回目よりも三回目……と、丁寧に心の内を伝え続けていくことで、相手との距離が少しずつ近づいていく実感があって。お互いの心が伝わり合った瞬間は、それまでの行き違いやわだかまりが嘘みたいになくなって、あきらめなくてよかったって思いました」

俺は綺麗な瞳をした彼女を見つめる。

本当に不思議な人だ。彼女の意見の内容は、特段めずらしいものでもなく、似たようなアドバイスは何度も聞いてきた。そして、そのたび鬱陶しさが増すばかり。

なのにどうして、彼女の言葉には拒絶反応が起きないのか。

自分も同じ経験をしたといった自分視点で語られているから？　でも、それだって『自分のときはこうだったよ』と話してくる人も今までにいた。彼女の場合は、上から目線でも距離を取って俯瞰からアドバイスをするでもなく一般論を諭すでもない。

あくまで今、俺の悩みに一緒に向き合って考えてくれているからだ。

無言でジッと視線を送り続けると、彼女は目を逸らし、さらに身体を横に向けた。

「あ……。すみません、私……なんか長々と」

彼女は今日初めて声を聞いたときと同じ、か細い声に戻った。さらに、また落ちつきなく前髪を撫で、やや俯く。愛らしい彼女の横顔に、俺は完全に虚勢《きょせい》を取っ払い、素の自分で向き合えた。

「いや。まだ雨は降ってるし。……もう少し話をしよう」

こんなふうに女性を誘うことも初めてで、気恥ずかしかった。でも、彼女が「はい」と頷いてくれて、恥ずかしい気持ちよりもうれしさで胸が弾む。

そうして、俺が『今日利用したカフェでの食事が美味しかった』なんてどうでもいい話をし、彼女は柔らかく微笑んで相槌を打ってくれる。そんな雑談をいくつかしていながら、いつしか『雨がやまなければいい』と思っていた。

しかし、そんな俺の密やかな願いも虚しく、晴れ間が見え始める。

彼女は話が途切れたところで、空を見上げた。

「雨、上がりましたね」

「ああ、本当だ。よかった」

心にもないことを返すと、彼女は深々と頭を下げる。美しいお辞儀の所作《しょさ》は、彼女の清廉《せいれん》さを引き立てていた。

「では、私はこれで」

――『名前は？　連絡先を教えてほしい』

そう聞きたかったけれど、そんな質問をすれば、彼女はさっきのように笑いかけてくれなくなるだろうか。

迷っているうちに、彼女はすでに歩き出していた。

くるっとうねった毛先を揺らす彼女の後ろ姿を食い入るように見つめる。すると、まるでこちらの念が通じたかのごとく、彼女は足をぴたっと止めて後ろを振り返る。

「I wish you all the best」

満面の笑みではなく、わずかに口角を上げる程度の表情で投げかけられた。彼女はくるりと身を翻《ひるがえ》し、小走りで去っていく。

遠くに虹が見える。その光景は、まるで彼女が虹のふもとに駆けていくようだった。

そして、俺はその背中をいつまでも見送った。

「俺のために祈る……か」

別れ際の彼女からの祈りが確かに俺を変えてくれると、確信を持った。

「――よし」

その後、彼女の言葉にあやかって、ゼロからスタートする気持ちでチームクルーと向き合った。

その翌年のシーズン、俺は年間勝率の歴代記録を上書きする偉業を成し遂げた。

＊　＊　＊

スマートフォンのスケジュールアプリを立ち上げる。

日本に来てから約ひと月が経とうとしていた。

短期賃貸マンションを長めに借りていてよかった。とはいえ、さすがにもうそろそろ戻らないと……。

ここは虎ノ門《とらのもん》のマンションで、マンスリーやウィークリーなどで利用できる。ホテルと違って家具家電も揃っているため自宅感があって寛げるし、コンシェルジュが駐在していてホテルライクに利用できる部分もあり、過ごしやすい。

俺は書斎のデスクに向かい、椅子に座った。

ノートパソコンを開くと、メールフォルダ内には未読の仕事メッセージがずらり。

こっちに来てからも毎日メールチェックは欠かさずしているのに、なおこの調子だ。

仕事用のスマートフォンはしばらくオフにしているせいか、丹生からもノートパソコンのほうに今後のスケジュールについてメールが来ていた。

そのとき、プライベート用のスマートフォンに新着メッセージが来て確認する。

【エマから伝言。今からここに来てって】

文章に続き、URLが送られてきた。そしてさらにメッセージだ。

【佐光、エマになんかしただろ。なんか怒ってるふうだったぞ】

それを見て苦笑し、すぐさま丹生に電話をかける。

『もしもし』

「昨日、飲み直そうって誘いを断ってタクシー呼んで置き去りにしたからかな」

開口一番でメッセージの回答を告げると、丹生は呆れ声を漏らした。

『ここ日本だぞ。エマは日本語を話せても地理は全然だろ。可哀そうに』

「じゃあ、今日の誘いも丹生が行ったらどうだ？」

『はあ？　俺は無理。予定あるし。っていうか、それはやっちゃだめだろ』

「冗談。行くよ。エマにそう返しておいて」

丹生と軽快に交わす会話がちょっと懐かしい。

そんなことを思っていると、スピーカー越しに小さなため息が聞こえた。

『本当徹底してるよな。オフは仕事用のスマホの電源は切る。で、エマにはプライベート用の連絡先は教えてないとか』

丹生は知っている。俺がエマだけではなく、一切の女性とプライベートの連絡先の交換を避けていることを。

『ま、エマに関しては切り捨ててるんじゃなくて、変に気を持たせないようにしてるんだろうけど。それじゃ、行くって返信しておくからな』
「ああ。ありがとう」
通話を終えた俺は、急ぎのメールだけチェックして、外出する準備をする。
エマが待っているのは、彼女が宿泊しているホテルの一階ラウンジだった。
昨日、美花を自宅アパートまで送ってここに戻ってきたから、車はすぐ出せる。
そうして十五分後、マンションをあとにしてエマのもとへ向かった。

目的地であるホテルは、車で十分もかからなかった。

ラウンジの窓際の席に座っているエマを見つけ、声をかける。

「エマ」

「シュン！　よかった。来てくれた」

俺はラウンジスタッフに「コーヒーを」と頼んで、エマの正面の席に座る。

エマは窓の外に目をやりながら、くすっと笑った。

「なんか不思議なの。数えるほどしか日本には来たことがないのに、どこか懐かしい感覚がするときがあるの。ＤＮＡに組み込まれてるのかな」

「さあ。どうなんだろうな」

いわゆる〝ダブル〟であるエマの感覚は、どうやったって俺には理解できないから曖昧な返ししかできない。しかし、エマは特段気にする素振りも見せず、ストローでグラスの中の氷をくるくる回していた。

「日本も市街地レースがあったら、ワタシも毎シーズン来てたはずなのに」

「日本の市街地はレースできる場所がないからな。不向きだよ」

そんな会話のあとに、頼んでいたコーヒーが運ばれてきた。

コーヒーをひと口飲み、ソーサーに戻した直後、エマが切り出す。

「ワタシ、ずっとシュンを追いかけてた。わかるでしょ？　ワタシがシュンをどれだけ好きか」

「わかってたよ。だから、俺なりに距離を取っていたつもりだ」

あえて凛然《りんぜん》と返した。

俺は決してエマを邪険にしているわけではない。こういったものは、変に同情すればズルズルと引きずると思うからだ。

すると、エマは唇を引き結び、潤んだ瞳を見せる。

「今でもファンのうちのひとりにすぎないってこと？　あと何年追いかけ続けたら振り向いてくれるの？」

彼女は美花が表現した通り、太陽みたいな女性だった。いつでも明るくパワフルで、笑ったり怒ったり裏表のないタイプ。

そんな彼女が、現役時代の俺を応援しながら一喜一憂《いっきいちゆう》するのが頼もしかった。ひとりじゃないんだと思わせてくれる存在のひとりだった。

「応援してくれて、心強かった。引退したあとも俺を追ってきて……妹みたいに思ってるよ。だけど、エマの気持ちは受け取れないと初めからはっきりしていた。だから、わかりやすく線を引いていたんだ」

「わかってた！　でも無理よ。そんな簡単にあきらめられないもの」

エマはかろうじて涙を堪え、周囲のゲストに迷惑にならないよう声を抑えてそう言った。そして、噛みしめるように続ける。

「そうよ。あきらめきれない。どうしてミカなの？　ぽっと出の相手に奪われたんじゃ、納得いかないわ」

そうか。エマにとって美花は、まだそういう印象でしか……。

「お願い、ミカ。ワタシの気持ち、考えて」

突如『ミカ』と語りかけたエマにぎょっとして、勢いよく斜め後方を振り返る。そこにはスーツ姿の美花が立っていた。

「どうして……！」

さすがの俺も驚きのあまり動揺した。美花を見れば、いづらそうな雰囲気で立ったまま、手にはスマートフォンを握りしめている。

「シュンが来る前に連絡してたの。昨日、教えてもらったのよ」

唖然として固まっていると、スタッフが美花に気づいてやってくる。美花は店員にも俺たちにも気を使ってか、メニューも見ずその場ですぐ紅茶をオーダーした。

店員が去り、再び三人になったところでエマが口を開く。

「ワタシだって、相手によってはおとなしく身を引いたと思うわ。ミカを侮辱《ぶじょく》してるわけでもない。ただ、やっぱりワタシのほうがシュンと一緒にいた時間は長いのに」

俺は少しずつ冷静さを取り戻し、立ち尽くしている美花に声をかけた。

「美花、ここへ」

立ちっぱなしの美花を隣の席に促す。美花は会釈して椅子に腰を下ろした。

しんとしたテーブルで、俺はエマに向かって深く頭を下げる。

「エマ。感情的にならずに聞いてほしい」

俺はエマの目を見て、ひとつひとつ丁寧に言葉を紡ぐ。

「一緒にいた時間を積算すれば、それは確かに彼女よりも君のほうが長い。でもそうじゃないんだ」

「なに？〝ヤマトナデシコ〟だから、ひと目で好きになったとでも言うの？　そういう理由が悔しいって言っ……」

「違う」

エマの声を遮り、彼女の薄茶の瞳を捕らえる。

「逆に俺の応援をし続けてくれていたエマだからこそ、知っているはずだ」

「なに……？　どういうこと？」

「ある日を境に俺の走りが変わったって、きっと覚えているんだろう？」

エマは俺の言ったことにピンと来た表情を見せた。

「あれは美花のおかげだった。そして、俺は彼女に会えない日々も、ずっと想い続けていたんだ。この三年、俺の心の中にはいつも彼女がいた。だって、今の俺がいるのは美花の存在があったから」

そうして、隣の美花を見て小さく頷いた。

「え……待ってよ。だって、あのときは遠征先だったはず」

「当時、私はオーストラリアで暮らしていたんです」

美花がエマに伝えると、エマは目を大きく見開いた。

「そんなの……シュンをよく知ってるのはワタシのほうなのに」

「エマ。俺にとって俺のことをよく知ってくれているか、そうでないかは重要ではない。俺が『もっと知りたい』と思うかどうかなんだ。彼女が俺の女神だった」

俺の話を聞いたエマはテーブルの上で手を震わせ、その後、勢いよく立ち上がる。

そのまま、足早にラウンジを去っていってしまった。

すると、美花が狼狽える。

「えっ……。駿矢さん、エマさんが」

美花が椅子から立って追いかけようか迷っていたのを制止する。

「巻き込んでごめん。でも彼女も美花と同じで聡明な女性なんだ。全部はわかってくれなくても、わかろうとしてくれると思う」

誠心誠意伝えたつもりだ。予定外だったのは、こんな場面に彼女を立ち会わせてしまったこと。

再びゆっくり腰を下ろす美花を見て、ぽつりとつぶやく。

「それより、まさかエマと連絡先を交換していたとは」

「あ……昨日、エマさんにお願いされて」

「あー、確かにやりかねない」

この場の空気をほんの少しでも柔らかくするためにオーバーリアクションで返すと、美花は目を白黒させたあと苦笑した。

「エマのこと、美花は必要以上に気にすることはないから。ところで、せっかく会えたんだ。美花さえよければ、このあと一緒にどこか出かけたい」

エマには申し訳ないと思ってはいるが、それと美花との時間を遠慮するのとは違う。

気持ちを切り替えて誘うと、美花は腕時計を一瞥した。

「八時くらいまででしたら。夜間の日本語教室の臨時講師の依頼を受けていて。今日、授業はないのですが、明日の準備が少し残っていて……」

「そう。なら遠出はしないようにしよう」

了承をもらってほっとしていると、美花が「あっ」と声を漏らす。

「あの、さっき飲み物を頼んでしまったので、出発するのはそれをいただいてからでもいいですか？」

美花の穏やかな雰囲気に心が癒される。「もちろん」と答えたところに、ちょうど紅茶が運ばれてきた。美花は紅茶にミルクを入れ、上品に口元へと運ぶ。

ひと口飲んでほっとした表情をずっと観察していると、ふいに彼女の愛らしい瞳がこちらを向いた、

「ところで、日程が決まったので水波さんが社内で案内を出すそうです。講義初回は来月頭になりました。約三か月の予定ですが場合によっては半年とか。どうしてもお仕事が優先されるので、社員さんにも負担にならないようにとお願いしたんです」

いつもよりも流暢というか、早口になっているような……。

違和感を抱いて彼女の言葉に「そう」と返すと、空気が一変したのを感じ取る。

美花は窺うような目を俺に向け、その小さい唇を開く。

「その頃は、当然駿矢さんは日本からいなくなるんですよね？」

そして、パッと視線を落とし、カップの中の紅茶を見つめながら続けた。

「この間エマさんも言っていましたが、いつもはこんなに長く滞在していないんですよね？　大丈夫なんですか？」

そうだ。大事なことをまだ伝えていない。

それはその話題を避けていたのではなく、慎重になっていたから。まず、美花に俺のことを好きになってもらうのが先だと思っていたのだ。

自惚れかもしれないが、昨日の美花の言動から初めよりも俺を想ってくれている気がしていた。初めの頃の彼女なら、エマを前にすれば遠慮してすぐに身を引くと思う。

それをせず、エマと自分を比べるような発言には……正直、期待してしまった。

その後、キスをした際に確信した。彼女に受け入れてもらえていると。

だからどのみち近々、伝えるつもりだった。

「さすがに今月中には戻る予定なんだ」

俺がまず質問に答えると、美花はなにか考え込んだ様子を見せる。

続く言葉をかけようとしたとき、美花は身体ごと俺と向き合った。

「やっぱり、そうですよね。では、その先、私はどういうつき合い方をしていけばいいのでしょうか？　遠距離恋愛というものになるんですよね、私たち」

一瞬過った不安も消し去るような、彼女の前向きな双眼に引き込まれる。

ここまでの反応をしてもらえると思わなくて、途端に心臓が高鳴った。

「駿矢さん……？　それとも、期間限定の関係のつもりでしたか？」

俺が固まっていたせいで、彼女の表情が一気に曇る。慌てて彼女の左手を取り、無垢で綺麗な瞳を覗き込んだ。

「まさか。期間限定どころか、今日はここに合う指輪を見に行きたいと思ってた」

薬指に触れると、美花の目がさらに大きくなる。

驚きと戸惑いを彼女から感じ取り、俺は慌てずゆっくりとした口調を心がける。

「この先の人生、ずっと美花をそばに感じて生きていきたい」

何年経っても、彼女との出会いの記憶は薄れることなく、むしろ色濃く残り続けていた。再会したときの喜びと高揚する感覚は、レースとはまた違う。彼女だけに心が反応を示した。それは、今このときも同じ。

「そんな大事なことを、勢いで決めていいんですか？」

彼女はするりと手を引っ込めかけた。俺はそれを瞬間的に捕まえる。

「勢いもつくよ。美花と再会した日から追いかけるのに必死で、止まらずに走り続けたんだから」

美花の華奢な手を掴み、じわりと広がる幸福を実感する。

「俺と結婚して」

信じられないくらい、心臓が早い鼓動を打つ。大事な一戦のときだって、ここまで緊張はしなかったように思う。

自分の大きな心音により緊張が高まっていく。固唾《かたず》を呑んで美花の反応を待った。すると、一度伏せられた彼女の長い睫毛がゆっくり上向きになっていき、純真無垢な瞳に俺が映し出される。

「私でよければ」

彼女はうっすら頬を赤く染め、小さな声でそう答えると、すぐに俯いてしまった。

ここがホテルのラウンジじゃなければ、喜びに任せて彼女を抱きしめていた。

そんな衝動をグッと堪え、手を握るにとどめる。

「美花しかいない」

ひとこと返すと、彼女はちらりと上目でこちらを見る。

恥ずかしげに瞳を揺らす彼女が可愛くて、愛しくて、思わず手の甲に口づける。

「俺はこの先、いつでもどんなことでも美花の力になりたいと思ってる。だから、一番に頼ってほしい。それは迷惑でもなんでもなく、俺の幸せなんだ」

これは俺の勝手な願い。

美花の反応が気になって視線を送り続ける。彼女の表情から汲み取れるものは、困惑と……迷い？

ずっとどこか引っかかっていた。美花は自分への評価が極端に低い。加えて、人に寄りかかったり甘えたりするのが、あまりに下手だ。

それは恋愛経験の差が理由ではない気がする。現に女性で友人の谷さんと一緒にいても、俺の前と同じで常に相手の出方を窺い、優先する感じだった。

だが、迷っているということは〝そうしたい〟願望があるから、とも考えられる。

「美花。俺は君と夫婦になる。夫婦はどんなことも分かち合うって、よく誓いの言葉であるだろう？　今の俺なら、美花の背負ってるものも半分請け負えるから」

一か八か、もうひと押ししてみたら、彼女はついに小さくはにかんだ。

「わかりました。ありがとうございます」

そのささやかな笑顔の意味は、とてつもなく大きいものだと直感する。

俺はそのまま美花の左手をぎゅっと握った。

「この先のこともふたりで話し合って考えていこう。たとえば今後の可能性とか……。仮に、だけど……美花はドイツに来る気ない？」

「私がドイツに……？」

「もちろんその場合、今抱えている仕事を放り出してすぐに、とは思っていない。ゆくゆくはって感じで無理のないよう準備をして」

強引にそういう展開に持ち込もうとはしていない。ただ、それが一番一緒にいられる時間が長いとは思う。

俺は今後もしばらくドイツを中心に仕事をすることは決まっている。しかも、美花は幸い海外でも重宝される職種についている。もし、日本にこだわりがないというなら……。だけど、それはあくまで俺の事情だ。美花はどう思っているか、どうしていきたいか、これからきちんと話し合いたい。

「すぐに答えを出さなくていい。というか、出せるものじゃないと思う。だから、これからほかの可能性も考えつつ、一緒に未来のイメージを固めていきたい」

決して無理して俺に合わせてほしくはないこと。欲をいえば、ドイツに来てほしいということ。だけど、どんな選択をするにしても、どんな形でも、俺は美花と繋がっていたいこと。

「……一緒に」

隣で美花がぽつりと言った。その後、彼女はふいに顔を綻ばせる。

——ああ。本当、なぜ今ここは人目のあるホテルラウンジなんだ。

ここが自分の部屋だったなら、すぐにでもその細い腰を抱き寄せ、赤みの差した頬に手を添えて、甘い唇を奪うのに。

理性を働かせていると、美花がピクッと小さく動いた。「ごめんなさい」とひとこと断って俺の手から離れ、スマートフォンを見ている。

メッセージかなにかだろうか。さすがに中身まで盗み見る趣味はないため、その間に残りのコーヒーを飲み干した。

無意識にまた美花を一瞥するなり、俺は胸がざわつく。

「美花、どうし……」

「すみません。急用が入ってしまいました。必ずまた連絡しますので、今日は失礼してもいいでしょうか。本当にごめんなさい」

俺の言葉を遮り、早口でそう捲し立てる美花は、さっきまでの柔らかい表情は消え去り、凍りついたように無表情になっていた。

おそらく、原因は今来たメッセージだ。

「俺のことは気にしなくていい。ただ顔色が悪い。大丈夫なのか？」

「大丈夫です。あ、そうだ。紅茶代を」

「いい。それより、どこまで行くんだ？　俺が送っていくから」

「いえ！　あの、平気です。ひとりで」

頑《かたく》なに断る美花は、やっぱりどこか違和感がある。なにより、つい数分前に『頼ってほしい』と伝え、受け入れてくれたばかりだ。照れや申し訳なさで断っている感じではないと直感が働く。

席を立った美花の手首を咄嗟に掴むと、彼女は微笑んだ。

「兄に……会うだけなので」

「兄？」

俺の言葉に、彼女はこくりと頷いた。

たぶん、美花は気づいていない。自分がさっきから眉根を寄せていることを。

「ええ。ですから、どうかご心配なさらず。今日は本当にすみません。紅茶もごちそうさまです」

美花は深々とお辞儀をしてラウンジを出ていく。

俺は彼女の姿が見えなくなったあと、まだほとんど残っている飲みかけの紅茶に目を落とした。

彼女と一緒に過ごした時間はまだ少ない。それでも、彼女が出されたものをこうして残していく人ではないことくらいわかっている。

あまりに不自然さが拭えず、しばらくその場で美花の一挙一動《いっきょいちどう》を思い返していた。

俺が気にしすぎなのかもしれない。でも、これまで幾度となくサーキットを走り、危険を回避し続けてきた自分の野生の勘とでもいうのか……そういう第六感的なものを信じている。そうかといって、無暗に疑って美花のあとをつけるのも……。

彼女の変化が、もし本当に〝兄〟が原因だとして、それを知っている誰か……。

考えていくと、頭にひとり浮かんだ。彼女の友人の谷詠美だ。しかし、俺は彼女の連絡先も勤務先も、なにも知らない。

頬杖をついて考え続けていると、次に丹生の存在を思い出した。

すぐさまラウンジを出て丹生に電話をかけ、谷さんの連絡先を聞き出す。『個人情報の譲渡にあたるから』と渋った丹生に、『緊急事態』と告げ、『責任は俺が負う』と宣言してまで頼み込むと、谷さんの連絡先を転送してくれた。

ロビーの中でも人通りの少ない場所へ移動し、谷さんに電話する。

『はい』

「もしもし。突然すみません。わたしは」

『佐光さんですよね？　丹生さんが知らせてくれましたよ』

まずはお詫びをしてから説明を……と思っていたから、拍子抜けした。

さすができる秘書は違うな、などと頭を掠めるのは一瞬で、すぐ本題に入る。

「本人に聞くのが一番とはわかってる。でも、きっと彼女は自分のことをなかなか口に出せなそうだと思って、谷さんに」

ここで、谷さんが理解を示してくれなかったらほかに手立てがない。美花に胸の内を話してもらうには時間を要する。しかし、俺は近日中にドイツに戻らなければならないため、難しい。

焦る気持ちをどうにか堪えていると、スピーカーからため息交じりに言われた。

『やっぱりまだ自分から話はできなかったかあ。さすがですね、佐光さん。美花は自分の話をするのが苦手なんです』

『やっぱり』？　もしかして、美花は彼女になにか相談をしていた？　知りたいことが多すぎて、頭の中が煩雑になりそうだ。とにかく、まず聞きたいことを先に。

「あー、これはただの憶測だが、彼女がそうなったきっかけは、たとえば彼女の兄が関わってるだろうか？」

『どうしてそう思うんです？』

否定せずに質問を返してくるということは、なにかある。

「さっき美花は兄からのメッセージを見た途端、心を閉じるような……無になったのを感じた」

あのときの美花のなんともいえない表情を思い出すだけで、背中がざわっとする。瞳の色が混沌としていて、彼女の魅力であるきらめきが失われていく瞬間に、言葉にできない衝撃を受けたのだ。

数秒置いて、谷さんがぼそっと答える。

『引くくらい美花を観察してますね』

彼女がこの流れで、どういった感情からそう発言したかはわからない。ただ、俺は揶揄とも取れる言葉にさえ、心は乱されなかった。

「なんとでも言ってくれ」

『冗談です。でも、そうですか。美花はずいぶんと佐光さんに心を開き始めてるんですね。ほっとしました』

谷さんの反応に引っかかりを覚える。

「逆じゃないか？　むしろ閉ざされたから彼女は行ってしまったと思うんだが」

『美花はそういうの、周囲に気づかせないんですよ。中学校の頃からそうでしたから。自分の本当の感情を抑えて穏やかに微笑んで……。つまり、美花の〝無〟に気づいたということは、美花がちょっとずつ感情を表している証拠です』

中学生の頃からだって？　じゃあ、俺と初めて会ったときも？　オーストラリアで彼女と言葉を交わしたのは数十分。あのときの彼女からは、さっきのような暗い影の存在は少しも感じられなかった。俺自身、自分の悩みに囚われていたから、というのはあるかもしれないが……。

『話を戻します。美花に悪影響を与えているのは家族……特に兄の森野辺修。心配性で美花に対しては、過保護が行きすぎてる』

谷さんの声で意識を引き戻される。

眉を顰め、谷さんの情報からひとつの仮定を口にしてみた。

「彼女のあの極端に自己肯定感が低い原因も、もしや……？」

『ご明察です。兄の完璧主義な性格が厄介で、そのせいで美花はなにに対しても自信が持てずにここまで来てしまったんです』

そのとき、箱根でデートした際の会話が頭に浮かんだ。

俺が、今まで誰にも言い寄られたりしたことはなかったのかと問い質すと、彼女は謙遜ではなく、本気で言っていた。『私は器量も気立ても悪く、そういう対象にもならない』と。そして俺が、『本気でそう思ってる？』とさらに尋ねれば、美花は困ったように笑ってこう言っていた。

『はい。そう……よく言われてますので』――と。

あれは、美花が自分の兄に突きつけられた言葉だったんだ。

軋みそうなほど、奥歯を噛みしめる。

どうりで再会したあとの俺のアプローチも響いていなかったわけだ。美花はずっと……自信を奪われ、心を削られて生きてきたのだから。

ふつふつと怒りが込み上げてくる。スマートフォンを握る手にも、自然と力が入っていた。

『当然、日本語教師も猛反対。あのときは、私が見かねて口を挟んだんです。あ、私、実家がちょっとした有名私立校の経営側にいるので、それなりに顔は利くんですよね。私はまったく別の道に進みましたけど』

谷さんがいてくれてよかった。そうでなきゃ、美花はなにもかもあきらめていたかもしれない。

『結果的に、国家資格でもある日本語教師は渋々認めてもらって、オーストラリアでの就職も、とりあえずビザの有効期間の二年だけって話で行けたんです』

「谷さん、ありがとう。君がいてくれなければ、俺は美花に出会えなかったんだな」

改めて、人との出会い、関わりに感謝する。

『そうかもしれませんね。でも、佐光さんが美花を好きになったきっかけに私は関係ないですから。すべて美花自身の魅力です。それこそ、オーストラリアにいたときは美花ものびのびしてたみたいなのに、帰国したらやっぱり元に戻っちゃって』

もしかすると、オーストラリアにいたときだけは、解放されていたのかもしれないな。比べられることも押さえつけられることもなく、ただ自由に。

『私から話せることはそれくらいです。その先の〝どうしたいか〟は、彼女本人の口から伝えるべきだと思うので』

「本当に感謝するよ。急いでいたとはいえ、連絡先の又聞きなんて真似をしてすまなかった」

『いえ。あ、佐光さん。ひとつお願いしてもいいですか』

「なに？」

スマートフォンを持ち替え、逆の耳に当てた直後、谷さんの切実な声が聞こえた。

『美花に気づかせてあげてやってください。〝美花には美花にしかない魅力があるし、誰も代わりはいない〟ってこと』

谷さんの頼みに目を見開く。そして、思わず口の端を上げた。

「奇遇《きぐう》だな。今、俺もそれを何度でも伝えなきゃなと思ったとこ」

そうして通話を終え、ロック画面に戻ったスマートフォンを見つめる。

『彼女を救いたい』だなんて僭越《せんえつ》なことは、今はいえない。

だからまずは、彼女の本音を……思い描く理想の未来を教えてもらいたい。

俺はその未来に幸福を添えてやりたい。なにがなんでも。

彼女は俺を救ってくれた恩人で、かけがえのない、俺にとっての〝たったひとり〟だから。

6．この広い世界で

兄に呼び出された場所は、エマさんに呼ばれたホテルから目と鼻の先だった。

噴水のある公園を通り、指定されたカフェを目指すも、距離が近づくにつれ心が鉛のように重くなる。どうにか気を逸らしたいと駿矢さんのことを考えたら、途端に胸がほかほかと温かみを増していった。

駿矢さんの存在が際限なく膨らんでいくのがわかる。彼といると、いつも心は満たされ、穏やかだ。

『俺はこの先、いつでもどんなことでも美花の力になりたいと思ってる。だから、一番に頼ってほしい』

自分にもあんなふうに想って言葉をかけてくれる人がいる。そう思うだけで、こんなに心が安定して不安も薄めてくれる。

これまで、他人は最後に裏切るものだから、簡単に信じて頼ってはだめだと教えられてきた。困ったときは、必ず兄へ相談するように、と。

だけど、その悩みの内容が兄のこととなると頼る先がなくなって、ずっと言えずに溜め込んできた。

詠美はそんな私に気づき、こちらから相談する前に話を聞き出してくれていたけれど、あまり巻き込みたくはなくて。詠美にも自分の生活があって、ほかにも友達がいる中で、私の悩みに時間を割《さ》かせたくなかった。

駿矢さんにも、初めはそれに似た感情があった。だから自分の話題を出すのは極力避けていた。でも、結婚しようって言われて、気持ちが揺らいだ。

『どんなことも分かち合う』『背負ってるものも半分請け負える』と説かれ、彼にならーーと自然と思えたのだ。

誰かに寄りかかったことはないから、うまくできるかわからない。けど、駿矢さんなら、私がうまくできなくてもやさしくフォローしてくれる。

生まれて初めて幸せと心強さを噛みしめながら歩いていると、名前を呼ばれる。

「美花」

彼が奏でる音と、まるで違う。

私は途端に強張り、視線を向けるのでさえぎこちなくなった。

「お兄ちゃーー」

「最近はずいぶんと連絡が無精だな？　今どのあたりかわからないから、連絡して迎えに行こうかと思ってたんだ」

兄は普段通りのゆったりした口調でそう言って、さらに歩み寄ってくる。

「えっ、と……ごめんなさい。足を止めて連絡する時間があれば、そのまま歩いたほうがすぐ着く距離だと思ったから」

「ふーん。まあ、そうみたいだな。ペトゥル・サクラからなら」

さらりと口にした言葉に戦慄《せんりつ》する。

どうして、私が今までいた場所を知っているの？

驚き固まる私に、兄は不気味なほどやさしい笑みを浮かべ、顔を覗き込んできた。

「仕事も忙しいんだったよな。プレシジョンズモーター社か。母体は大手自動車企業だ。すごいじゃないか」

取引先の話も、兄だけでなく家族にもしていないのに。

驚愕していると、兄は不敵な笑みを見せた。

「全部知ってるよ。調べたから。それを紹介したやつも、その男がどんな人間かも」

自分で自分の感情が追いきれない。

家族とはいえプライバシーを侵害するような行動をされた怒りや、調べられた人の中には駿矢さんも含まれているとわかっての動揺。そして、兄を前にしてそれらの感情をどうやって訴えられるのかという恐怖で気持ちが混沌とする。

兄は近くに腰をかけられそうな椅子を見つけ、固まる私の腕を引いて移動する。そこで兄だけが椅子に座ると、私を見上げて淡々と話し出した。

「常々言っていただろう。お前の結婚相手は俺が選んだ相手だと。俺が認めた男だけだと。あの男は、お前とは住む世界が遠すぎる。それに女性にも人気があるらしいじゃないか。その大勢の女性の中から自分を選んでもらえるとでも思っているのか？」

今にも足が震え出しそう。

私は手をぎゅうっと握りしめ、大きく息を吸った。

「認めてもらわなくちゃならないのはわかるけど、相手は自分で選べるから」

大人になって初めて、兄に楯突いた。心臓は信じられないくらい、バクバクいっている。冬だというのに汗までかき始めて、一種の興奮状態だと感じた。

だけど、このままじゃなにも変わらない。変えられない。

今、自分で勇気を出さないと――。

「……痛っ」

突如、立ち上がった兄は私の腕を掴み、力を込めた。さらに指先に力を入れる兄は、威圧的な行動とは裏腹に柔和な表情をしていて、それが余計に怖い。

「そういって、失敗でもしたらどうする？　結婚ならなおのこと、一度失敗したら取り返しがつかないから言っているんだ」

腕の痛みに耐えるのに必死で、すぐ言葉が出せない。

歯を食いしばって、一度瞑《つむ》ってしまった目を再び開けた。自分を鼓舞して兄をまっすぐ見る。

「それでも……自分が選んで決めた道なら、ちゃんと受け入れられると思う」

詠美とこの間電話をしたときに再認識した。

真剣に悩み決めた道ならば、失敗したとしても受け入れられる。それでも、この道を進んでよかったと胸を張れる、と。

すると、兄が腕からするっと手を離す。

「わかった」

痛みから逃れ、さらには自分が伝えた言葉が通じたのだとほっとした。次の瞬間。

「やはり、理解力が乏しいお前に話しても難しすぎたな。相手の男と直接話をする」

淡い喜びから一転、信じられないことを言い出す兄に動転する。

「な、なんでそんなこと」

「俺は美花と、あの佐光という男のためを思って言っているだけだ。彼はやり手の経営陣なのだろう？　お前の存在が足手まといになるのがわからないのか？」

辛辣《しんらつ》な忠告に、胸が苦しくなる。

兄は平然とした顔をして、さらに言葉の刃をかざす。

「英語を話せる女性など、ごまんといる。だったら、もっと経営能力に長《た》けた女性だったり、華やかで人脈の広い女性だったりが適しているだろう。それとも、そういった相手に自分が勝っているとでも言うのか？」

兄の言い分はどれも的確だ。駿矢さんの立場を慮《おもんぱか》れば、兄が挙げたような女性をそばにと選んだほうがいいのだろう。

俯く私に、兄はささやくように告げる。

「身のほどを知れと言っている」

何度、こうやって傷つき、心で涙しただろうか。

兄はいつも正論を振りかざす。だからこそ、私は兄の言葉を受け流せずに、劣等感の波に飲まれ溺れていった。

「ごめんな。でも俺は美花が無駄に傷つくのを黙って見ていられないだけなんだ」

兄の常套句《じょうとうく》だ。

いつでも『私のため』――。そう宥《なだ》めてやさしい手つきで頭を撫でる。

私はきつく下唇を噛んだ。

兄に言い返せるような、自分の武器は見当たらない。それが悔しくて情けない。

「心配するな。俺が代わりにちゃんと話をつける」

兄はそう言い、再び私の腕を掴んだ。今しがた私が歩いてきた道を引き返し、ずんずんと勇み足で進んでいく。

「……やめて」

重心を後ろにして抵抗した。すると、兄はぴたっと足を止め、私を振り返り笑顔でひとこと。

「ん？　今、なんて？」

心は反論したい気持ちでいっぱいなのに、耳が、身体が、兄の威圧感に反応して硬直してしまった。

どうしよう。このままじゃ、結局これまでと同じことの繰り返しなのに。もう断ち切らなきゃならないのに。

「ちょっと。嫌がってるでしょ」

突然、私たちの間に割って入る声に驚き、顔を上げる。

険しい顔をして兄に噛みついてきたのは……。

「エマさん……！」

予想もしない再会に、ただただ驚いた。

ついさっき、気まずい別れ方をした彼女が、わざわざ私を助けてくれるなんて。

「あなたは？」

兄は一瞬鬱陶しそうな表情を浮かべかけたけれど、すぐによそ行きの笑顔を作る。

どうやらエマさんのことまでは調査してはいなかったみたい。

エマさんを巻き込んでいなかったことに胸を撫で下ろす。

彼女は私をちらりと見て答えた。

「ワタシは……ミカの友達よ。アナタこそ、誰なの？　か弱い女性にこんな強引なことをして」

私は『友達』という言葉に、思わず目を見開いた。

兄はエマさんのじとっとした視線を受け、乱暴に掴んでいた私の腕を解放した。

「私は美花の兄です。強引に見えたのは、美花がちょっとわがままを言うものだから、つい。お恥ずかしいところをお見せしました」

兄が弁解するも、エマさんは訝《いぶか》しげな目を向け続ける。そして、今度は彼女が私の腕に絡みついてきた。

「ワタシ、ミカと約束していたの。もう彼女と出かけていいかしら」

エマさんがにっこりと笑って兄からの了承を待ち続けると、根負けしたのか兄は張りつけたような笑顔を見せる。

「そうだったんですね。それは失礼しました。美花、帰宅したら連絡するように」

「……はい」

兄が立ち去り、ふたりになったところでエマさんが尋ねてくる。

「いつも、ああなの？」

『ああ』とはどのことか、すぐに出てこず答えられなかった。

するとエマさんは深刻な顔つきで、さらに言う。

「ミカ、すごく怯えた顔してた。まさか暴力を受けたり」

「いえ……！　それはないので」

両手を横に振って、即否定した。そこまでひどいことを想像して助けてくれたのだと思うと、感謝の気持ちと同時に申し訳なさが募る。

エマさんは私の言葉を嘘だとでも思っているのかジッと見つめ、真剣な声で諭す。

「詳しくは知らないけど、ミカ。暴力はなにも身体的なものだけじゃない。精神的なもの――言葉の暴力だってあるんだからね」

「っていうか、なんでシュンといないのよ」

「あ。兄に呼ばれたので、失礼してきたんです。あの、私のことよりも……エマさん、ごめんなさい。こんなふうに謝るのは違うと思うんですが、どんな言葉が正解なのかもわからなくて」

両手を前で揃え、頭を下げた。

エマさんの長年の想いは、私が簡単に理解できるはずもない。同時に、私がなにを言ったって癒されることもないと、わかっている。それでも……彼女の気持ちに寄り添いたかった。

「エマさんのほうが駿矢さんを支えてあげられる、しっかりした女性だって思っています。でも……私、今はまだ自信はないけど頑張りたいなと……自分の意志を全《まっと》うしようと決めたんです」

エマさんとまっすぐ向き合う。彼女は憤《いきどお》ることもせず、ただ真摯に私の話を聞いてくれた。

「ずっと、兄の言う通りにしてきました。初めて意見できたのは、日本語教師の道を選択したときだけ。その選択は正しかったと心から思えるから……」

「ワタシに遠慮してシュンから離れる選択をしないのは正解よ」

思わぬ反応を受け、再び彼女を見た。

「昨日話したでしょ。シュンは変わったって。それはすごいことだったのよ。ずっと取りつくヒマもないくらい、バリアを張っていたんだから」

「えっと……それは『取りつく島』……ですね」

「あ、また間違えた。どっちかわからなくなるのよね」

彼女が私にもまだ自然体で話をしてくれることが、本当にうれしかった。

感極まって涙を我慢していたら、エマさんはくるりと身を翻す。

「ほら、行くわよ」

「えっ、どこへ……？」

「シュンのところに決まってるでしょ。ミカのお兄さんに見つかったら困るから、ワタシが近くまで送るわ」

すらりとしたスタイルなのに、エマさんの背中がすごく頼もしい。

やっぱり彼女は太陽みたいに眩しく、明朗快活で、カリスマ性の強い憧れ的存在。

彼女に対して『かっこいいな』と思う部分を見習いたい。

エマさんのあとを追いかけようとした矢先、彼女が急に立ち止まる。

「っていうか、ミカは連絡先知ってるんでしょ？」

「え？　は、はい」

その質問に違和感を抱く。

今の言い方はまるで……。

「ワタシはね。一度もプライベートナンバーを教えてくれなかったの。知ってるのはビジネス用だけ。それも今はオフにしてるから使いものにならないわ」

「そうだったんですか……」

私は手元のスマートフォンに表示されている【佐光駿矢】の文字を見つめる。

駿矢さんの徹底した境界線を知り、私のスマートフォンに彼のプライベートナンバーが登録されている意味と、エマさんの切なさを改めて理解する。

「電話して、まずは今どこにいるか聞けばいいのよ」

エマさんが助言してくれるも、この期に及んでまだ頭がまとまっていなかった。

なんて言えばいいの……？　突然兄の話題を出しても驚かせる気がするし、順を追って話すにはかなり遡らなきゃ……。

「貸して」

痺れを切らしたエマさんは私のスマートフォンを取り、発信ボタンに触れた。

彼女はすぐに駿矢さんと話し始める。そして、ものの数十秒で通話を終えてスマートフォンを返された。

「はい。ここまで来るって。あと五分くらいで着くみたい」

「なにからなにまで、お手間をおかけします」

「アナタはシュンが来るまでに、ちゃんと伝えたいことをまとめておきなさいよ」

エマさんは腕を組んで、そっぽを向きながらそう言った。

今さらだけれど、彼女は詠美と似ている。今、急にふたりが重なって見えた。

「ありがとうございます。あの、さっきもうれしかったです」

「さっき？」

私がお礼を告げると、エマさんはこちらを振り返り、首を傾げる。

「『友達』って言ってくれて」

些細なことだとは思うけれど、友達が少ないのもあって印象的だった。

「違うわ。あれはアナタの兄を納得させるためのウソ」

「そ、そうですよね。すみません」

再びつんと横を向いて否定され、自惚れた自分が恥ずかしくなり、そして寂しくもなった。気まずい気持ちをごまかすため、なにか話題をと探していると、エマさんは体勢をそのままに目だけ私に向ける。

「本当の友達になるのは、これから。だからもっとちゃんと、自分の話もしなさいよ。ワタシの話ばっかり聞いてないで」

思いがけない言葉をかけてもらい、うれしさのあまり反応がままならない。

ちらりと見たエマさんは、色白の頬をうっすら赤く染めていたようだったけれど、今度は背中を向けられてしまった。だけど、それも照れ隠しだって今ならわかる。

彼女は表情を取り繕うことができたからか、身体をこちらに向け私に指をさす。

「Did you get it?（わかった？）」

なぜか突然の英語で、面食らう。

クールな表情が再び綻びを見せ、瞬く間に頬が赤くなるエマさんを見て、英語は彼女なりの照れ隠しだったのだと察した。

私は笑い声をこぼし、頷く。

「Sure!（はい）」

そこに駿矢さんから着信が来た。

「もしもし」

『すぐ近くに車を停めている。わかるか？』

駿矢さんに言われ、あたりを見回すと数メートル先に見覚えのある車が停まっている。私が一度通話を切ると、エマさんが逆方向に歩き出した。

「エマさん」

「じゃあね」

颯爽と去っていくエマさんに頭を下げてから、駿矢さんのもとへ急ぐ。

車に向かって走っている間、エマさんから言われた言葉を頭の中で繰り返した。

『もっとちゃんと、自分の話もしなさいよ』

きっと、いつも無意識にあきらめていた。

自分の本音を誰かに伝えることを。

「美花！」

私の姿を見つけた駿矢さんは、車から降りてこちらに駆け寄ってくれた。

少し弾んだ息を整え、駿矢さんを見上げる。

彼も私に『頼ってほしい』と言ってくれた。

視線の先には、頼もしく、やさしい瞳――。

「連絡をくれてよかった。まず車に乗ろう」

駿矢さんは私の手を引き、踵を返す。

「私も駿矢さんといたい。ドイツにも行ってみたい」

彼の背中に向かって、はっきりと言った。

駿矢さんは勢いよく振り返り、驚いた顔を見せる。

「でも、今のままじゃ……きっと阻まれる」

萎んだ声で吐露《とろ》すると、彼は静かに問いかけてくる。

「……誰に？」

「──兄です。私の」

数拍置いて、どうにか口を動かせた。心臓がドクドク大きな脈を打つのがわかる。

駿矢さんに対する不安ではない。これは、自ら抑え込み続けてきたいろんな思いを
これから告げるという緊張だ。

駿矢さんの顔を窺えば、柔らかな光を放っていた瞳に静かな憤りを感じられる。

「さっきも、駿矢さんとは釣り合わないと言われました。身のほどを知れ、と」

「は？」

繋がれている彼の手に力が込められたことで、激怒しているのだと察する。私は彼
のその手をそっと解き、両手で包み込んだ。

「これまでの私なら、その言葉を受け入れていました。だけど今は違う」

そう、違う。自分の本当の願いに気づいたから。それに、私の可能性を信じ続けてくれる人、応援してくれる人もいる。そして、一緒に分かち合ってくれる人も。

「駿矢さん。私を助けてくれませんか……？　もちろん、他人任せにしません。私は私で尽力を……きゃっ」

強い覚悟を持って思いを伝えている最中に抱きしめられ、脳が一瞬状況を把握できなかった。

衝動的に私を抱きしめた彼は、その体勢のまま言う。

「その判断は正しい」

「正しい……？」

私がつぶやくと、駿矢さんはさらに腕に力を入れ、ぎゅうっと抱きしめた。

「俺に助けを求めたこと」

今まで、こんな安心感に包まれたことはあっただろうか。

もちろん、両親は私に衣食住や教育環境を整えてはくれていた。でも、いつも緊張していた。身近な兄という優秀な前例が常にあって、ずっと気を抜けなかった。

自分が優秀ではないせいだと思って、少しでも追いつけるようにと必死に努力を続けていた。それにもかかわらず、結果は兄と比べると芳《かんば》しくなく、『正しい』だなんて真正面から認められたこともなかったように思う。

私は無我夢中で駿矢さんの背中にしがみついた。

周囲の人たちや、当の駿矢さんのことさえ考えずに。


あのあと、私は彼が借りているというマンションへ移動していた。

短期賃貸マンションとは思えないような、立派でおしゃれな高層マンション。ロビーにはホテルさながらのコンシェルジュがいたし、玄関に入ると私が知る〝マンション〟の広さではなくて驚愕した。いったい靴を何足並べられるのかと思ってしまったほど。

きっと、玄関でこの調子ならリビングはもちろん、キッチンやバスルームも広々としているに違いない。書斎なんかもありそうだ。

けれど、私はそのどれも見ることもなかった。なぜなら……。

「……しゅ、んっ……う」

流れるように、広いベッドの上で唇を奪われる。

さっき、玄関でパンプスを脱いだ途端に抱き上げられて、ベッドルームに直行してきたのだ。

こういう展開を予測しなかったわけじゃない。彼の宿泊先へ向かっている間に、『もしかして』とは思っていた。

しかし、私は恋愛未経験。つまり、そういうことも未知で、今もなお頭の中はぐるぐるしている。それと、ものすごくドキドキしている。

恥ずかしさと戸惑いと、少しの恐怖心がごちゃ混ぜになっている状態で、まともに目も開けなかった。

キスに応えるのに必死になっていると、身体を支えるのも困難になり、そのまま仰向けになった。シーツをぎゅっと握りしめ、全身を硬直させる。

すると、カーテンを引く音がしたあと、ベッドサイドランプの明かりがついたのを瞼越しに感じた。

駿矢さんを想う気持ちを認めはしたものの、そのときが来ると怖《お》じ気《け》づく。

目を開けるタイミングを完全に失って困っていたら、ふいにこめかみの生え際に指を差し込まれる。

「……っ、え？」

何度も何度も、あまりにやさしく撫でてくれるものだから、緊張も緩んで視界を広げていく。

駿矢さんは私を抱きかかえていたときの凛々しい雰囲気から一変、柔和な眼差しをこちらに向けていた。

そして、私の髪を指で梳きながら頬を緩める。

「ドイツに行ってみたいって言ってくれて、すごくうれしかった」

見下ろされている状況にどぎまぎして、つい視線を横に向けてしまった。

「いえ……本当は『行く』って断言できたらよかったんですよね」

半端な答えだったかな、と今になって思った。とはいえ、それが今の私の本音だったから。

「今はそれで十分」

駿矢さんは満足そうに目尻を下げ、隣にゴロンと横たわった。肩が触れ合うほど近い距離だと思うと、それはそれでまたドキドキする。

緊張で微動だにできずにいると、指を絡ませ手を握られた。

そわそわして落ちつかない。ただ、この大きい手のひらはぴったりと合わせていると、すごく心地のいい温度だ。

彼の温もりを手から直に感じ、瞼を下ろした。くすぐったい心持ちで寝そべっていると、駿矢さんは私の薬指を親指の腹で撫でる。

あまりに何回もその動きを繰り返すものだから、思わず呼びかけた。

「駿矢さん……？」

「今日は見に行けなかったから、次な。明日以降、空いてる時間あとで教えて」

見に行けなかった？　手……指……。

そこまで考えて思い出す。

今日、兄から連絡が来る前に話していた。一緒に指輪を見に行こうか、と。

今はまだ正午回ったところ。当初の予定通り、行けるのでは？

「はい。あ、でも今日ならまだ余裕が……っン」

すると突然、駿矢さんは私に覆い被さり口を塞ぐ。

キスする流れではなかった気がする、と考えていられたのも初めのうちだけ。

やさしく唇を重ね合わせるだけのキスだけにとどまらず、次第に深い口づけになっていった。

力が入らなくなった頃に、彼はゆっくり唇を離す。そして、妖艶な指使いで私の頬をなぞりながらささやいた。

「残念。今日は指輪を選びに行く時間は取れない」

「え……っ？」

私の顔に影を落とす駿矢さんを見つめる。彼は少し艶めいた唇に、うっすらと笑みを浮かべた。

「実をいうと、箱根のときはかなり頑張って自制してたんだ」

箱根のとき……自制……？

彼の言葉をひとつずつ反芻し、言いたいことを汲み取る。瞬間、自分の顔が真っ赤になるのを感じるくらい、熱くなった。

駿矢さんが鼻先を寄せ、甘い声を出す。

「今夜は我慢しなくていい？　っていうか、たぶんできない」

言い終える間際に見せた彼の目は熱情がこもっていて、たちまち彼の本気にあてられた。キスはすぐに唇を割り、口内を蹂躙《じゅうりん》される。その間にブラウスのボタンを上からひとつずつ外され、露わになった鎖骨に彼の唇が落ちてきた。

「ほら。さっきはちゃんと俺を頼ってくれたんだ。次は恥ずかしがらずに甘えて」

「甘えて……って」

どうやって……。経験も知識もないのに……。

羞恥心だけが膨らんでいく。だけど、やめてほしくない。やめたくない。

私は震える手を、彼の頬に伸ばす。それから、たどたどしく唇を奪った。そのあとはどうしていいかわからずに、視線を泳がせて固まる。

今のは、甘えるって行動ではなかった気がする。とにかく、好きという気持ちを伝えなきゃと思ったら、つい。

彼がどう思ったのか不安になっていると、「ふ」と小さな笑い声が聞こえた。

「可愛いな」

「そ、そんなお世辞は」

「自分で言うのもなんだが、お世辞でこんなこと言う人間じゃないぞ」

一度引っ込めた私の手を、彼は再び捕まえて自分の頬へと促す。彼の頬に手を添わせると、とてもうれしそうに目を細めていた。

駿矢さんは柔らかな表情で私の髪を掬《すく》い上げる。

「美花は気にしてるんだろうけど、この栗色の柔らかなくせっ毛も可愛い」

私の髪を愛おしそうに眺め、睫毛を伏せて唇を寄せるものだからドキリとする。

そうして次に、手の甲で私の頬を撫で上げ、至近距離で目を覗き込んできた。

「白い肌も大きな瞳も、子猫みたいな高い声も」

「あ、あ……」

耳元に直接ささやかれると同時に、裾から手を潜り込ませてつうっとお腹を掠めていく。私はぞくぞくと甘い震えに襲われ、声を我慢できなかった。

駿矢さんは楽しげに私をジッと観察し、至るところに触れていく。

「折れそうなほど華奢な指も腰も、つま先まで全部、愛おしい」

「ふっ、う」

最後はまた、思考を溶かすような甘いキス。

私はすぐ腰が砕け、腕の力も抜け落ちる。かろうじて、頬に置いていた手は彼の首の裏に回した。

「美花」

やさしく私の名前を発音されて、ふわふわと夢心地になる。そっと腕を緩ませ、至近距離で視線を交錯させた。

「好きだ」

たった三文字の言葉に、胸がきゅうっとしめつけられる。

もはや言葉ではうまく言い表せないこの感情を、どうしても伝えたくなって、自ら唇を差し出した。彼は当然のように私を受け入れ、丁寧に応えてくれる。

本当にとても気持ちがいい。物理的なことよりも、心の緊張が緩んでいく感覚に溺れてしまいそう。

「美花が望むなら、俺はいつだって助けてやる」

彼の言葉が素直にうれしくて、涙がこぼれる。

「ありがとうございます」

駿矢さんが涙の跡をやさしく拭い、額にキスをくれた。

「好きです」

「俺も好き。今までも、これからも。美花だけ」

自分の本音を口に出すのは、私にとってすごく難しいことのはずだった。

でも胸がいっぱいになるくらい溢れ出す気持ちは、自然と口からこぼれ落ちるものだと、今日生まれて初めて知ることができた。


あれから、どのくらい時間が経ったのかわからない。

だけど、私はいつもみたいになにかに追われる不安も感じず、穏やかな心地で過ごしていた。

それはなにげないことかもしれないけれど、私にとってはめずらしいことだった。

彼は腕枕《うでまくら》をしつつ、私の髪を指先にくるくると巻きつけて手遊びをする。

恥ずかしいようなくすぐったいような、そんな気持ちで彼の手を受け入れていた。

「美花は、自分の家族が……兄が嫌い？」

ふいに投げかけられたストレートな質問に、私は答えるまでに少し時間を要した。

「改めて考えても、嫌い……とはちょっと違う感じがします。兄に関しては歳の差もあるので、物心ついたときから兄の存在が絶対だったというか……。それこそ、本当に小さい頃はただただ可愛がられてた記憶もあるんです」

二十年以上前のことだ。記憶は鮮明ではない。けれど、その頃抱いた感情がなんとなく胸の奥に残っている。

「でも、小学校に上がったくらいから、怖く感じるときが多くなって。その理由が、私のすることなすことが合格点……当時の兄のレベルには到達していなかったせいだと、わかったのは高学年の頃だったかと思います」

駿矢さんは黙って話を聞いてくれていた。

その間ずっとやさしく頭を撫でてくれる手が、まるで私の味方だと語ってくれているようで、私はこれまで誰にも言わなかった話を続けられる。

「ずっと両親よりも兄が私を気にかけていました。それは成績だけでなく、交友関係も目を光らせていたみたいで。仲良くしてくれていた男の子とかも、存在に気づくと必要以上に交流するなと注意してきた上に、その子にも直接釘を刺したり……」

そんなことまで仔細《しさい》に説明する必要はなかったかもと気づく。

私は気を取り直して、また口を開いた。

「兄はいつも〝親も自分も美花のためを思って言っているんだ〟と添えるので、私もそうなんだと思ってきましたし、実際それは嘘ではない気はするんです。ただ、兄の理想が高くて私では期待に応えられなくて」

こうして誰かに説明をすると、これまでのことや自分がどう感じていて、どう思っていたか整理できる。

「服装、髪型、習い事、クラブ活動、交友関係……あらゆる事柄を、主に兄の助言通りに進めてきました。高校生の頃には自分で考えて決断することも怖くなっていたのも事実なので、特に大きな不満はなかったんです。でも――」

両親や兄と同じ仕事に就く自信がなかった。

だから、日本語教員という進路を選んだ。これまで学んだことを活かせる職種だと思ったから。

これもひとつの教職で、さらに国家資格となったのを利用したのだ。唯一の逃げ道だった。

だけど、初めこそそんな不純な動機で進んだ道だったけれど、自分の苦手な部分をゆっくりでも克服したいと思えるくらい、好きになった。

「仕事は自分の意志を信じて貫いたんだ?」

駿矢さんが、私の言葉の間を埋めるように言った。

私は一度頷く。

「初めて意見に背いたんです。だから両親はもちろん、兄が相当驚いてました」

それは今でも思い出せる。

震える手を固く握って、日本語教師になると告げた。

「両親は『国家資格』という肩書きがあったから、なんとか認めてはくれました。だけど兄だけすんなりとはいかず……詠美が力を貸してくれて、オーストラリア行きまで許してもらえたんです。研修ビザの終了までっていう条件つきでしたが、詠美が向こうにさえ行ってしまえば兄もあきらめるかもしれないって」

そう話はまとまったはずなのに、日本を出るまで本当に気が重かった。そのときの私は、まだ〝逃げ道〟として考えていたせいだったからかもしれない。

でもいざ始まったオーストラリアでの新生活は、そんなふうに考える暇もないくらい忙しく大変な仕事で、余計なことを考える時間もなかった。

「包み隠さず話せば、日本語教師は私にとって逃げでした。いろんな重圧から逃れたかった。でも当然この仕事も楽なわけではなかった。そして心から反省しました。そんな理由で教鞭《きょうべん》をとるなんて、と」

それ以降は、とにかく目の前の仕事を……生徒さんを一番に考えて、懸命に向き合おうと努力した。わかりやすい授業内容を考え、授業外でもコミュニケーションを取るために英会話を磨き、こちら側からだけ伝え続けるのではなく、相手側の思いも理解したくて努力をした。

「生徒さんからは、いつも前向きな力をもらえるんです。私のほうが与えられているなあって。無意識に後ろばかり振り返っている自分に気づけたから……」

あのときの、新たな一歩を踏み出せた瞬間を噛みしめる。私は身体を半分起こし、駿矢さんと向き合った。

「私、この仕事と出会えてよかったと、今は心から感謝しています」

あのまま流されるように生きていたら出会えなかった、多くの人たちの顔が頭に浮かぶ。日本語や日本の文化を教える代わりに、たくさんのものをもらっていると痛感している。

駿矢さんは、唇を弓なりに上げた。

「俺も感謝してる。美花がその一歩を踏み出してくれたおかげで、俺は君に出会うことができたんだから」

疎い私にでもすぐわかる。彼が私に向ける視線から、深い愛情を向けられているこ
とを。重ねられた手のひらから、大切に想ってくれていることを。

こんなふうに異性からわかりやすく、まっすぐな好意を向けられることは、初めて
だった。だから、うれしい反面どうにも慣れなくて照れくさい。

「ええと、そう。私が頑張れたのは詠美がいたからです。いつも助けてくれて」

「そうみたいだな。少しなら話は聞いた」

「え？　そうなんですか？」

いつの間に？

まったく予想もしない返しに目を丸くした。

駿矢さんも上体を起こし、ベッドのヘッドボードに背中を預ける。そうして、神《しん》
妙《みょう》な面持ちで語る。

「実は今日、兄に呼ばれたからと立ち去ったときの美花の様子がどうも引っかかって
な。藁《わら》にも縋る思いで、丹生経由で彼女に連絡を試みた」

「……そうだったんですか」

今日、まさかそんな流れを経て迎えに来てくれていたとは知らなかった。そう……。

だから、駆け寄ってきてくれたり、抱きしめられたりしたのかもしれない。

「ああ、そうだ」

駿矢さんが急になにか思い出したらしい。宙を見て声をあげると、再び私を見た。

なんだろうかと首を傾げると、彼は私の顎をクイと掬い上げる。

「君の兄がなんと言っていたとしても、美花は人を惹きつけるものを秘めている。それは唯一無二で、誰にも代わりえない」

「え……」

「俺は本気でそう思ってる。そして、君の親友も同意見だそうだ」

私の親友って……詠美？　もしかして、その電話での連絡でそんな話を？

「人の言葉に翻弄されて、自分を信じられなくなることはある。俺もそうだった。だけど、結局は自分が自分を信じないとなにも変わらない」

『言葉の壁』や『上辺だけの言葉』は、これまでたくさん肌で感じる機会があった。

特に言葉の壁は今でもそう。

けれど、そんな『言葉』が誰かの力になれることも知っている。

「それを俺に説いてくれたのは、君だろ？」

駿矢さんの至極柔らかな表情と声音は、私の心を解してくれる。自分の本音と向き合い心を開けば、こんなふうに親身になってくれる人がいることに気づける。

「美花が誰かの言葉に惑わされそうなときは、俺がそこから引っ張り上げてやる。それで、美花の魅力を伝えるよ。伝わるまで何度でも」

自分には価値がないと、知らず知らずのうちに思い込んでいた。だから、そんな自分の人生に誰かを不必要に巻き込むのが怖かったのかもしれない。

強靭《きょうじん》な光を持つ彼を前にして、その心の迷いや弱さの影が跡形もなく消える感覚を今実感している。

しかも、その光は私のおかげだとでも言わんばかりに、彼は再会してからずっと私を認め続けてくれた。

自分の気持ちをわかってもらうために、何度も伝え続けると過去の自分は言った。けれども、言葉にならない想いがあるのだと今、痛感する。

いてもたってもいられなくなり、彼に抱きついた。

言葉で表現しきれない感情を示すには、こうするほか思いつかない。

彼への心からの感謝と愛情をもって、私は首の後ろに手を回し、広くたくましく、そして温かな胸に頬を寄せる。

彼は私に応えるように、背中に手を回してくれた。

「その兄は、実家にいるの？」

ぽつりと尋ねられた質問に、ふるっと頭を横に振る。

「いえ。でも実家からそう遠くはないマンションに、ひとりで暮らしています」

兄は私がオーストラリアに行った年に、今のマンションに越した。

「実家は都内？」

「はい。そうです」

「そう。なら、予定が合えば明日行かない？　美花の実家」

「え⁉」

驚きのあまり、身体を離して駿矢さんの顔を見る。同時に大きな声を出していた。

私の実家だなんて！　なにか行事があるときくらいにしか帰らない実家だ。そこに駿矢さんを連れて……？　全然想像もできなければ予測もつかない。

あからさまに動揺した私を見ても、駿矢さんは終始落ちついていた。私の腰に手を回したまま、やさしい声で話し始める。

「レース中もコースによって、いろんな攻略の仕方がある。それこそ、レーサーの数だけね。けど、俺はやっぱり正面突破が一番気持ちいいんだよな」

駿矢さんはまだ冷静になれずにいる私の目を覗き込み、ニッと笑う。

「正攻法が一番ってこと。大丈夫。美花の話を聞くぶんに、たぶん俺が美花の後ろ盾になれるはずだから」

駿矢さんの瞳には迷いもなければ不安も見られない。

その自信は、レーサー時代に培《つちか》ったものなのだろうか。それとも、現在もチーム全体を見る重要な立場を任されているところから来たものなのか。

私にはわからないけれど、ただ大口を叩いているとも思えなかった。

「あの……ごめんなさい。面倒なことに巻き込んでしまって」

自分の気持ちを抑え込まず一歩踏み出すと決めたとはいえ、そうすぐには性格を変えられない。

やっぱり、『こんな自分でなければ』といった感情はすぐに顔を覗かせ、私の心を弱くさせる。

すると、彼は私の頬を両手で包み、顔を上向きにさせると同時に唇にキスをした。

「なにも問題はない。美花は自信を持って俺の手を握っていて」

彼はひとつも曇りのない笑顔を見せ、私を慈しむかのごとく丁寧に抱きしめた。

両親の予定を聞き、今日の午後、数時間だけと約束を取りつけることができていた。

私は一度アパートに戻って着替えたのち、駿矢さんと実家へ向かう。

「突然の訪問にもかかわらず、お許しくださりありがとうございます。初めまして。佐光駿矢と申します」

実家の玄関先で深々と頭を下げる駿矢さんを横目に、私はハラハラとしていた。

駿矢さんは誰が見ても堂々として、頼もしい。でも両親がどんな反応をするのかが予測もつかないし、なにより自分自身が頼りなくて不甲斐《ふがい》なかった。

私たちを出迎えた母へ手土産を渡し、父が待っているであろう客間へ向かう。

うちの客間は十五畳ほどの和室。この部屋に家具は座卓くらいしか置いておらず、広々使えるため、昔は親戚が集まるときにこの部屋を使っていた。今では常に部屋を区切れる襖《ふすま》を閉めっぱなしで、ふた部屋に分けて使っている。

父がひとり座って待っている光景に、ますます緊張した。

この緊張感は就職先の報告をしたときに似ている。けれども、今日は隣に駿矢さんがいてくれるおかげか、父から目を背けることはせずにいられた。

母が向かい側の席に促し、私たちはそれぞれ膝を折った。

「佐光駿矢と申します。本日はお会いできて光栄です」

駿矢さんが微笑を浮かべてお辞儀をすると、父は前置きもなく本題へと移る。

「申し訳ない。仕事の都合であまり時間がないため不躾《ぶしつけ》とは承知で伺いますが、美花とはどういった経緯で……？　実をいうと、この子のことは高校卒業あたりから長男に任せきりで。その、佐光さんのような相手がいるとはまったく聞かされておらず」

思いのほか、父の態度が高圧的ではなく内心胸を撫で下ろした。とはいえ、こんな状況は経験がないから、父がこのあとどんな反応を見せるのかわからない。

身構える姿勢を崩さずにいると、向かいの母がこそっと私に尋ねてくる。

「美花ちゃん。今日の予定を修に伝えていないの？」

「うん。まずはお父さんとお母さんにと思って」

兄には昨日から連絡をしていない。そして、まずは私の両親だけと対面する案は駿矢さんからの提案でもあった。

兄が同席していると、今ではほとんどのことを兄任せ・兄頼りにしているうちの構図から、両親の本心が聞き出せないと思った。だから、順を踏んでまずは両親と話をして、それから兄と……という方向でいこうとふたりで決めていた。

隣に座る駿矢さんと、ふいに目が合う。彼はわずかに口角を上げ、不安を和らげてくれた。

「美花さんとは、彼女がオーストラリアにいたときに出会いました。そして、昨年冬に偶然再会し、僕から交際を願い出たのです」

「オーストラリアで……」

「それは修からも、なにも聞かされてないはずだ」

母が目を丸くしてこぼすと、父も腕を組んでそうつぶやいた。

オーストラリアにいた頃も、兄には定期的に近況報告をしていたけれど、さすがに駿矢さんと会ったことまでは話す気になれなかった。

唯一、あの二年間は兄の知らない私だけの日常だった。

それにしても、オーストラリアでの些細な出来事はともかく、兄は今回の件を調査までしていたのに両親には報告していなかったのだろうか？　両親が駿矢さんを見たときの予想外的な反応は演じているふうには見えなかった。そもそも、知らないふりなんて必要ないから、本当に今初めて知ったのだと思う。

兄なりに両親を煩わせないための気遣いなのか、それともなにかほかに理由が？

考えごとをしていると、突如駿矢さんが座布団《ざぶとん》から下り、正面の両親に向かって頭を下げる。

「本日は美花さんとの結婚のお許しをいただきたく、伺わせていただきました」

「けっ、結婚？　昨年の冬からだと、まだ三月も経っていないじゃないか」

父が動揺して声をあげると、駿矢さんはおもむろに姿勢を戻し、真剣な面持ちで聞き返す。

「では逆にお伺いいたします。何か月交際が続けば認めていただけるのでしょうか」

「それは……」

父も漠然と否定しただけで、具体的な基準は持ち合わせていなかったようだ。

駿矢さんは、狼狽える父にさらに畳みかける。

「僕の気持ちは『今すぐにでも』というものですが、お考えの交際期間日数の条件を満たしていないのであれば、それを満たすまで結婚を控えることも検討いたします」

「え？」

両親ともに拍子抜けした顔をしている。私たちが、結婚を認めてくれるまでテコでも動かないつもりで乗り込んできたとでも考えていたのだろう。

「僕にとって、美花さんがそばにいてくれることがなにより重要なことなので、結婚という形式にこだわりはありません」

駿矢さんは柔らかな声音で言うと、再び私を振り返り、微笑んだ。

私も形式にこだわりはない。今、一番に考えたいことはそこではなく、駿矢さんの存在を認めてもらえたらいい。もう胸の内を隠すことをしたくないだけ。

「美花さんは、僕と一緒にドイツまでついてきてくれると返事をくれました。彼女の仕事は大抵どの国でも重宝されますし、なんらかの形で続けられるはずです。もちろん、僕も彼女をサポートいたします」

私は彼の隣で手に力を込め、勇気を持って両親とまっすぐ向き合う。

「お父さんもお兄ちゃんも、昔からよく『人にものを説く立場なら知見を広げろ』と言っていたでしょう？　私はオーストラリアへ行けて心からよかったと思ってる。だから、この先もいろんな場所で多くのものに触れて感じて世界を広げていきたい」

声が震えそうになった。だけど、隣に味方がいると思うと励まされて、最後までしっかりと意見を口にできた。

伝えたいことを言えた達成感と高揚感と、このあとどんな厳しい言葉が飛んでくるかわからない恐怖とで胸の中はぐちゃぐちゃだ。

すると、まるでそれを察していたかのようなタイミングで、駿矢さんに膝の上の手を包み込まれる。

「僕たちは支え合えるよきパートナーになれる自信があります。どうぞ、ご安心ください」

「いや、待て。未婚のままだなんてそんな体裁《ていさい》の悪い……そうだ。君はどんな仕事をしているんだ？　ああ、ドイツと言ってたか。なんだ、なにかその、脱サラして起業してそっちに移って一旗揚げるとかそういう感じだったなら、賛成はできん」

「これは大変失礼を。こちらをどうぞ。現時点のものにはなりますが」

父の勢いに押されることもなく、駿矢さんは飄々と名刺を差し出した。

父は訝しげにそれを受け取り、眼鏡を額にずらして目を細める。

「LITJIN GmbHというのは日本でも同じ読み方の名前の自動車メーカーがあるな。それの系列ということか。ただ、現在の、というのは？　やはり個人で起業かなにかをする予定なんじゃ」

父は名刺を見つめたまま、早口でぶつぶつと言葉を並べ立てる。慌てているときのクセだ。父が慌てている理由は、さっき口にした『体裁』だろう。

思えば、父も兄も『体裁』をいつも一番気にしている。交友関係も進学先も就職先も、そういう理由に重きを置いていた。

父の思い込みからの勘違いを修正すべく、駿矢さんの役職やF1レースチームの責任者ということ、そして元レーサーだったことを私の口から補足しようとした。しかし、駿矢さんの手に力が入ったのを感じ、言葉を引っ込めた。

彼を見ると、『任せて』とでもいった意思を感じる眼差しをしていた。

「いえ。このたび、ドイツ支社が分社化される運びとなりました。僕はそこのCEOに就任することが決まっております」

駿矢さんの回答を耳にした瞬間、両親同様、私ものすごく驚いた。しかし、彼ならありえると納得し、同時に彼が昨日言っていた理由がわかった。

『美花の話を聞くぶんに、たぶん俺が美花の後ろ盾になれるはずだから』

駿矢さんは、確かにそう言っていた。

『後ろ盾』って、そういう意味の――。

「僕の新たな人生のステージには、美花さんに隣にいていただきたいと強く思っています」

駿矢さんが言い切ると、父の雰囲気がさっきまでと百八十度変わる。

「そ、そこまで言っていただけるのなら……な？」

「えっ、ええ。私からはなにも」

ふたりでしどろもどろになっていたところに、駿矢さんは追い打ちをかける。

「では、結婚をお許しくださいますか？」

即答はしないものの、両親から醸《かも》し出される空気はすでに認めるも同然だった。

父は母と目を見合わせ、笑顔を取り繕う。

「まあ、そうですね。なんの取り柄もない娘ですが」

するとと、父の言葉を途中で遮るように、駿矢さんが笑い出す。私を含むこの場にいる誰もが驚き、目を点にして彼を見た。

「ご謙遜を！　なんの取り柄もないお嬢さんどころか魅力がありすぎて、いつほかの男性に手を出されるか不安で堪らないくらいですよ。だからこうして、時期尚早《しょうそう》と指摘されるのを承知でご挨拶に伺ったんです。僕が彼女を手放したくなくて」

駿矢さんが意気揚々と私を自慢するものだから、驚き固まった。

こんなふうに誰かに堂々と自慢してもらう機会なんてなかった。うれしい気持ちももちろんあるけれど、それは本当に自分の話なのだろうかと不思議な気持ちになる。最後にはじわじわと彼のセリフひとつひとつを思い返し、恥ずかしさで顔を上げられなくなった。

実家をあとにして、私たちは駿矢さんの車を停めている近くのパーキングへ向かっていた。

「こんなに呆気《あっけ》なく挨拶が終わるとは想像もしませんでした。駿矢さんはこうなると予測していたんですか？」

「なんとなく……美花がいろいろ話してくれて、そういう考えの家族なのかなって。外聞《がいぶん》を気にする気質というか。悪いことばかりじゃないが、振り回されるほうは大変だよな」

数分の距離を、手を繋いで歩く。この時間がとても穏やかで温かい。

「ただ……もうひとつの壁はそれだけが理由じゃなさそうだからな」

駿矢さんがぽつりとつぶやいた言葉に首を捻る。そのまま信号待ちをしていると、近くで車のドアの開閉音が響いた。音の方向を振り返るや否や、身体が強張る。

「美花！」

タクシーからやってきたのは兄で、どうやら私を見つけて降りてきたようだった。

私の反応を感じ取ってくれた駿矢さんは、繋いでいた手に力を込め、『大丈夫』と表情で語りかけてくれた。

私は深呼吸をひとつして、兄と対峙する。

「今日は朝から忙しくて、今朝方母さんが送ってくれていたメッセージをさっき見て
……あなたはLITJINドイツ支社の」

「佐光駿矢です。ああ、もうとっくにご存じでしたね。ここ数日周辺をうろつかれてるなとは思ったものの、特になにをされるわけでもないので見て見ぬふりをしていた

んですが」

駿矢さんの表情は笑顔で好意的なのに、挨拶から続く内容は好戦的でハラハラする。同時に、兄が裏で駿矢さんのことを探っていたことにも気がついていたのだと初めて知り、気まずくなった。

兄はただ駿矢さんを一瞥するだけで、私のもとへやってきて腕を掴む。

「美花、昨日言ったことがひと晩経っても理解できなかったのか。メッセージがないのはゆっくり考え直しているのか、それとも反省しているのかと思っていたのに」

鋭い目で威嚇《いかく》され、反射的に肩を竦めた。

繰り返しては、だめ。また私は私をあきらめていくことになる。それをやめようと決めたんだから。

私は改めて決意し、勇気を振り絞って兄を見上げる。

「考えていたの、ちゃんと。自分の気持ちとこれからの可能性について」

私が目を逸らさずに話をすると、兄は眉間に皺を作った。

その不満そうで苛立っていそうな表情にいつも怯えていた。

自分の出来が悪いから兄を煩わせていると引け目を感じ、優秀な兄の言葉には逆らわないようにしてきた。

私は確かに兄の合格点には達しない人間かもしれない。だからといって、この世のすべてに見放されていたわけじゃないと、気づかせてもらった。

「私、駿矢さんと結婚する」

臆病《おくびょう》で弱かった自分と決別して、ひとつずつ変えていく。自分で自分を信じて進むと決心して、そう宣言した。

兄は目に見えて怒りと動揺を露わにする。

「なっ……なにをバカげたことを！　第一そいつの生活拠点は日本じゃないだろう。お前は今こっちで仕事を受けているんだろ？　それはどうする。言っておくが、仕事を放棄するなんて社会人としてだけでなく、人としての信頼度が落ちるんだ」

「わかってます。放棄するなんて言ってない。私はちゃんと」

「あー、そうか。初めての恋愛だもんな。それは舞い上がって、分別もつかなくなるよな。だから、あんな似合いもしない服を着たり、派手で気の強い女性と友達になったりしてたんだな」

兄はいつも私になにかを意見する間も与えず、早口で捲し立てる。勢いで私を捻じ伏せ、高圧的な態度で抑えつけてきた。

「いいか、美花。そのすべての感情は一過性のものだ。すぐに冷める。悪いことは言わないから、お兄ちゃんの言うことを聞け」

　ようやく自分の置かれた状況を客観視できても、兄の勢いはやっぱりすごくてすぐには応戦できない。

　まずはどこから否定をし、こちらの考えを伝えて理解していってもらえばいいの？

　焦燥感だけが募っていく中、口を開いたのは駿矢さんだった。

「いや、なんとも意外ですね。〝あの〟森野辺修がこれほどまで過保護だったとは」

「は……？」

「道徳感情数理工学でしたっけ。人工《A》自我《E》の研究内容はとても興味深く、論文も拝読させていただきました。あれは僕たちにとっても関わりが深い分野なので」

　流暢に話を進めていく駿矢さんを、私は隣で茫然と見つめるだけ。

　兄はといえば、相手の出方を探っているのか黙って駿矢さんを見ていた。

「正直期待してしまいますね。修さんが我々Ｆ１の世界に大きな変革を起こしてくれるのでは、と」

　ど、どういうこと？　駿矢さんは兄のことを知っていたの？

　驚愕してふたりの応酬《おうしゅう》を黙って見る。駿矢さんが兄の研究を評価したからか、兄はまんざらでもなさそうな顔で答える。

「まあ、ありえなくもないだろう。わたしの研究室には優秀な人材も多い」

「それはひとえに准教授であるあなたが優秀だからなのでは？　そういう人の下《もと》で学びたいと思うでしょうから」

駿矢さんが兄を褒めるのを、複雑な気持ちで見守る。

兄のことは素晴らしい人だと尊敬はしている。でも、駿矢さんだって兄とは別のフィールドだけれど素晴らしい人だと思うし、一方的に兄ばかりを担ぐのはなんだか素直に喜べない。

このまま兄が調子づいて、駿矢さんを見下したりしなければいいんだけれど……。

「ご自身の研究に加え、多くの才能溢れる若者の面倒まで……。僕にもぜひ美花さんとの将来についてご助言をいただけたらと思うのですが」

「あー。そうだな……。まあ、たとえば大企業のトップにでもなれば、チャンスをやらないでもないが。今みたいな子会社の専務だかF1チーム責任者だか、半端なままではな」

兄は気をよくしたのか、めずらしく普段は言わないようなことを口にした。

すると、駿矢さんはすかさず笑顔で返す。

「なるほど。チャンスはいただけそうでよかったです。僕はチャンスさえあれば、必ずモノにする性質なので。ご安心ください。これからは、美花さんは僕が支えますので。修さんはどうぞ研究に邁進《まいしん》なさっていただければ」

兄は自分が口を滑らせたことを後悔し、明らかに慌て始める。

「いや、ちゃんと聞いていたのか？　平たくいえば、おたくの今の立場では無理だとそう言っ――」

「修さんの活躍を、日本が……いや、世界が期待して待っていると思いますから」

駿矢さんは終始笑顔で兄を追い込む。

こんなに焦って動揺する兄を初めて見た。兄は眼鏡のブリッジを押し上げて、平静を装いながらも口調に苛立ちを滲ませる。

「研究と妹の面倒の両立くらい簡単に……というか、話をちゃんと聞け」

「僕たちには今後、構わないでいただきたい――と、言っているんです」

食い下がる兄を、駿矢さんが一刀両断する。その冷ややかな視線、鋭い声に加え、丁寧な口調がまた怜悧《れいり》さを増して感じられた。

「ですがその前に、今この場できちっと美花へ謝罪はしてください」

駿矢さんがつけ加えた言葉に、思わず彼を見上げる。

「謝罪？　どうして俺が！」

「あなたは彼女が幼い頃からずっと、自尊心を傷つけ、自由を奪い、精神的に追い詰め続けた。その謝罪を」

駿矢さんが静かに怒りを滲ませながら突きつけた。

私の心情をきめ細かに汲み取ってくれている彼を思うと、感極まって胸が震える。

「どれも身に覚えはない！　俺はすべて美花のためを思って」

「〝それ〟だって言ってるんだ。身に覚えがないっていうなら、今しっかりその優秀な頭にインプットしておけ」

駿矢さんは兄の反論を言下に窘《たしな》め、兄に詰め寄り低い声で凄んだ。

これまでの紳士的な口調とはがらりと変わり、兄も驚いた様子だった。

「『美花のためを思って』なんて都合のいい言葉……度が過ぎれば独りよがりの毒兄ってやつだって気づけよ」

駿矢さんの気迫に圧倒された兄は、無意識に後ずさる。

「なっ……美花、ほら言っただろう⁉　この男はこういう人間だ。やっぱりやめておくのが正解……」

「やめない」

今度は私が間髪《かんぱつ》いれずに反発した。

兄は従順な私が即座に断るなんてありえないと思っていたのか、なにが起きたのかわからないとでもいった顔で茫然としている。

「駿矢さんが私に自信をくれた。私はそんな今の自分を初めて好きになれたの」

「み、美花……」

「だから……お兄ちゃんを何度でも説得する。駿矢さんがどれほど素敵な人かって」

心臓がドクドクしている。こんなに大きな鼓動を打つ感覚はないかもしれない。

これまでずっと絶対的存在だった兄に歯向かうようなこと……本音をいえば、やっぱり怖い。けど、自分を見てくれる人が……弱さも全部さらけ出せる相手がそばにいて支えてくれると思うと、頑張れる。

兄は勝ち誇った様子で駿矢さんに吐き捨てる。

「たかが一企業のそれも子会社の専務ってだけだろう。その程度の肩書きの男は、探せばいくらでも」

兄の無礼な態度に応戦することなく、駿矢さんは軽く息を吐いて言った。

「ひとつ、まだお伝えしていないことがあります。公式発表はまだですが、美花のお兄さんだから特別にお教えします。春から我がLITJIN GmbHは分社化し、僕がCEOとして就任することとなりました」

「……え？」

「我が社はよりF1チーム事業に力を入れていこうと思っています。ただ研究開発予算にも限りはありますので、今後は積極的に産学提携なども選択肢に入れていこうと考えているんですが」

急にまた難しい話題に飛んで、私は狼狽えるばかり。兄の顔色を窺えば、深刻そうに駿矢さんの話に聞き入っている。

「なんでも、そちらの研究室も最近では費用を工面《くめん》するのが大変だとか」

駿矢さんのひとことに、再び兄を見た。

研究室の予算……？　確かに『毎回大変だ』とこぼしていた。

兄は下唇を噛み、なにか思案したのちに口をゆっくり開く。

「それはつまり……わたしの研究室もその選択肢に含まれていると？」

「もちろん。先にも言いましたが論文を見た上での現時点の判断です。あなたの研究を評価しているのは本当なんですよ」

駿矢さんは再びビジネスライクな笑顔を見せ、さらに続ける。

「僕の持っている肩書きで体面を維持するのは、どうぞご自由に。もっとも、僕にとってはそんな肩書きなどどうでもいい。ただ、あなたに認めていただきたいだけです」

途中、凛々しい表情と声に変わった彼は、ふいに私を見つめ、柔和に目を細める。

「僕と美花が、この先ともに生きていくことを」

この先も、ともに……。

私は彼の言葉を噛みしめ、こくりと確かに頷いた。

「少し行きすぎた愛情だったとしても、あなたは美花を誰よりも大事に思っている。僕はそう思ってます。だからこそ、僕が美花をどれほど愛しているか、あなたならわかってくれているはず」

胸が震えて泣きそうになった。

ほかでもない自分の兄なのに、私は兄の愛情を頭で理解していただけで、心ではどこか信じられなくなっていた。

駿矢さんは、兄に厳しい言葉を突きつけてはいたけれど、根底には愛があると疑わずに向き合ってくれているのだ。

お互いに歩み寄れる道があると信じ、私と兄の架け橋になろうとしてくれている。

「信じてくれませんか。僕のことも、彼女のことも」

いよいよ堪えきれずに、目尻から涙がこぼれ落ちる。

黙り込んでいた兄が、粛々と私と向き合った。

「……美花。その、お前に対するこれまでの言動は憎からず思ってのことだったんだ。だが、言われれば……行きすぎていた部分もあったかもしれない。すまなかった」

その光景は、想像もできないものだった。

兄が私に向かって頭を下げて謝罪するなんて。兄の旋毛に向かって声をかけるなんて、当然初めてのこと。

「うん。でも私も臆病になって伝えたいことを伝えずに逃げていたから……。これからは本当の意味で自立する。お兄ちゃんも私を心配する必要なくなるよ」

私の言葉を受け、兄はそろりと顔を上げて私を見た。

その表情は、怒りではなく……どちらかというと、寂しげなものに思えた。

そんなふうに感じ取れるようになったのも、自分が変わろうと意識し始めたからかもしれない。

「俺は……お前が不幸にならないようにと、それだけを考えてきたんだ。本当だ」

「……うん、わかってる。でもね。なにが幸せで、なにが不幸かなんて、人それぞれだと思うの。私は自分で幸せになれるよう努力する。だから心配しないで」

兄はグッと手を握りしめ、動かなくなった。数拍置いて、再び口を開く。

「妹を幸せにしなきゃ許さないぞ。美花を……幸せにしたら、そのとき認めてやる」

「はい。僕のすべてをかけて、必ず。約束します」

駿矢さんはにこやかに即答し、兄に右手を差し出した。

兄はその手を見てゆっくり手を動かした。握るではなく軽く音を立てて一瞬触れるだけにとどめる。

「今後は、公私ともに手を取り合っていけたらうれしいです」

「……ああ」

兄はまだお世辞にも清々《すがすが》しい顔とはいえなかった。でも今までとは全然違う。

感情が昂《たかぶ》っていたせいか、私は前のめりになって伝える。

「お兄ちゃん。私たちのこと……私が伝えたことを、ちょっとでも受け入れてくれてありがとう。私、絶対幸せになるから。自分の力で。見てて」

兄は一度私と目を合わせたあと、ふいっと身体ごと横を向いた。

そんな態度を取られても、兄が怒っているわけではないとわかる。

駿矢さんが私の肩に手を置く。

「美花、そろそろ行こうか」

駿矢さんに声をかけられ、踵を返した直後――。

「美花！　これまで通り、見ててやる。そして、結果を出せ。〝幸せ〟だと」

「はい！」

もう何年ぶりだろう。兄に心からの笑顔を向けることができたのは。

私は駿矢さんと並んで前を見て歩き出す。

怯えて背を丸めたりもしないし、後ろももう振り向かない。

駿矢さんが手を軽く伸ばしてきた。その手を取り、視線を交わして笑い合う。

「驚きました。まさか、あの兄が私に謝ってくれるなんて」

「あれは俺の絶対条件だったからな。対面するときは、なにがなんでもそうしてもらうつもりだった」

さらに、駿矢さんが少し言いづらそうに尋ねてくる。

「そんな単純なものじゃないってわかってるけど……少しは区切りになったか？」

私は彼の気遣いとやさしさに触れ、心からの笑顔で応じられる。

「はい。ありがとうございます」

駿矢さんは「そうか」と口元を緩めた。

丹生さんが前に教えてくれた。彼が以前いた世界は常に死と隣り合わせだったということを。その中で自分を信じ、貫いてここまで来たことを。

幾多の修羅場をくぐり抜けてきた人だから、なにごとにもどっしりと構えていられれるのだろう。

兄を前にしてもまったく動じず冷静だった彼の姿を思い出して、強くそう思う。

私は駿矢さんを見つめ、はたと思い出す。

「あの、駿矢さん。春から会社の体制が変わるんですか？　さっき初めて聞いたから」

「ああ。こんな形で美花に伝えることになってすまない。今回こっちに長く滞在していたのは、その件もあって何度も本社に出向かなければならなかったためだ」

「そう、なんですね」

つまり、どう転んでも彼はドイツに戻り、そこで生活していくということだ。彼はひとつの企業を任されたのだから。

「ドイツに行ってみたいって言ってくれた気持ちは、変わってない？」

オーストラリアでの経験は、狭い世界で生きていた私にこんなにも世界は広いのだと教えてくれた。なにより現地で日本語を学ぶ子どもたちと関わった際に、一生懸命思いを伝えようとしている姿に胸を打たれた。

自分の中にある気持ちをうまく言語化して伝えられないもどかしさは、私もすごくよくわかる。そのもどかしさを、ひとつでもクリアできるよう力になりたい。

「日本《ここ》でも仕事のやりがいは、もちろん変わらないと思ってます。だけど、国境を越えて人と人の繋がりを作るきっかけになりたいとも思うから。私、欲張りなのかも」

今までなら、こんな大それたことを口にするのも憚られた。できもしないことを望むなんて滑稽《こっけい》だと、自分で自分を貶《おとし》めていた。

勇気と決意を持って発言すると、自分の中で緊張と高揚を実感する。

「そういう欲はいくらあったっていいさ。俺はどんなときも美花を支えると心に誓っているから、心配しないで全力でやればいい」

駿矢さんの言葉は本心で、それを本気で実行する目だ。

自分の野望を声に出したり、誰かに思いきり頼ったり、どれもまだ自然にできるものではない。それを積極的にしていくんだ、と思わせてくれる彼の存在がありがたく、この上なく頼もしい。

「そういや、これから仕事だろ？　送るよ。どこに向かえばいい？」

パーキングが見えてきたところに駿矢さんに尋ねられ、思考を現実に戻す。

「ええと、今日の準備がまだ残っているので自宅に。いいんですか？」

「いいよ。その代わり、夜また時間くれる？」

「それは構いませんが……終わるのは八時過ぎになりそうですよ」

今日は夜間の教室の臨時講師がある。授業は六時半スタートで、約一時間。それから雑務を……と考えたら、そのくらいになる。

「平気。俺もそれまでちょっとすることあるし。どこに迎えに行ったらいいか、あとでメッセージ送っておいて」

そうして、駿矢さんは自宅アパートまで送ってくれた。

部屋にひとりで佇みながら、実家でのことや兄との話し合いを思い出す。

いつもはひとりになった途端に心が重くなるのに、今は違う。

そのとき、ようやく自分が変われたのだと実感し、変わらぬはずの窓からの景色さえも明るく見えた。


仕事のあと、再び駿矢さんと落ち合った。その足で、車でどこかへ向かう。

小一時間かけて到着したのは、東京湾アクアラインパーキングエリアだった。

駐車して車から降りる際に手を差し伸べられる。自分の手を重ねる直前、黒っぽくなっている彼の指先が目に留まった。

仕事かな？　プレシジョンズモーターで部品をいじってきたりとか？　もうすぐCEOともなる人でも、そういう細かな仕事も自分でするんだ。

些細なことと思い、胸の内にとどめる。海風に首を竦め、目を閉じた。

「ちょっとこの時期は寒すぎたか。これ着て」

駿矢さんは迷わず自分が着ていたコートを脱ぎ、私に羽織らせる。私は慌てて彼を見て、肩にかけられたコートを脱ごうとした。

「えっ。だめですよ！　駿矢さんが風邪をひきます」

「ドイツのほうが寒いから、この程度なら大丈夫。ほら、前閉めて」

長身の彼のコートを私が着ると、足元まで覆われて暖かかった。しかも、微かに駿矢さんの香りがして、自分の体温が少し上がるのを感じる。

「こっち」

駿矢さんは慣れているようで、私の手を引き歩いていく。行きついた先には、これまで見たことのない景色があった。

「わあ。なんて表現したらいいのか……海外の夜のサーキット風景みたいですね」

暗闇の中に浮かぶ屋外灯と、曲線を描く道路。奥側には今通ってきた橋の上り口も見える。

「ここから車で三十分くらいのところに、サーキット場があるんだ。そこで練習した日は、親父とここによく寄り道してた」

お父さんと……。『よく』というくらい、ふたりで寄り道をしていたのかな。とても仲がいいのかも。想像するだけで微笑ましい。

「ご両親はドイツにいらっしゃるんですよね。やっぱり駿矢さんを追って移住を？」

駿矢さんがプロとしての可能性を見出したのなら家族も一緒に……って、当たり前の選択に思えて、実はそうではない気がする。ご両親にもそれぞれの生活があったはず。それらを一新してドイツへ移住って、なかなか決断できなさそう。それほど親子の絆《きずな》が強く、駿矢さんの才能を信頼していたのではないだろうか。

「初めはな。今はうちとは別のレーシングチームの指導してるよ。ちなみに母も、そのレーサー専属栄養管理をしてる」

「え！　指導を？　お母さんも栄養管理を……っていうか、駿矢さん同じチームじゃないんですか？」

「そ。まあそのほうがいいよ。同じとこにいたら俺がやりにくい」

駿矢さんはカラッとして笑って言った。どうやら仲違いの類ではなさそうだ。

勝手に安堵し、彼の言葉に頷いた。

「なるほど。それはわかる気がします」

なにを隠そう、私は家族とは同職に就きたくなくて逃げた人間。もし、私も教員になっていたら、日々やりにくく、変な緊張を感じ続けていただろうから。

幻想的な景色をぼんやり見つめ、ぽつりとこぼす。

「ここが駿矢さんの思い出の場所なんですね」

「そう。水平線の代わりに見える、あの遠くの街の夜景をよく親父と眺めてた」

駿矢さんに言われ、改めて遠くの景色を眺める。

海の上に浮かんでいるようにも見える、都会の光が左右にずっと広がっていた。

「美花を連れてきたくなったんだ。ここは俺の始点みたいな場所だから」

不思議。私が出会った駿矢さんはもう大人だったから、子どもの駿矢さんを想像しにくい。しかも、日本で生活していたということもなんだか実感のない話だった。

それでも、こうして海上のデッキから懐かしそうに頬を緩める彼を見つめ続けていたら、知らないはずなのに、子どもの頃の駿矢さんが目に浮かぶ。

大切な思い出の場所に仲間入りさせてもらえた感覚がして、とてもうれしい。

ひとり密かに喜んでいると、駿矢さんは景色ではなく私に身体を向ける。

「そして、俺にとってのもうひとつの始点は――」

「……え？」

彼はそう言いながら私の左手を掬い上げ、薬指に指輪を通した。私は驚くばかりで言葉が出てこない。

指輪越しに駿矢さんを見上げると、彼はやさしく微笑んでいた。

「美花。君だと思ってる」

自分でも今、どういう感情なのかわからない。

指輪を贈ってもらえた意味を考えると、照れくさいような恥ずかしいような、そんな面映ゆさが来る。しかし、やっぱりなんの心構えも予想もなかったから、驚きが大半を占めていた。

「び……っくりで……えっ、と、これは……」

「不慣れだからシンプルなものになったけど、受け取ってほしい」

駿矢さんからそっと手を離し、じっくりと目を凝らして指輪を見る。

艶消し加工が施された、グレーのシンプルなデザインの指輪。心なしか重厚感があるようにも感じられる。

私は左手を掲げ、いろんな角度からまじまじと観察する。

「シルバーともちょっと違う……初めて見る色かも」

「明るいところで見ると、ちょっと歪《いびつ》な部分があるかもしれない。悪い」

「ん……？　歪な部分？」

どうしてそんな言葉が……？　商品だったなら不良があるものを販売するとは考え

にくいし。中古……ではないと思うし。そういえばさっき、『不慣れ』って。

考え続けて、ひとつの予想が浮かぶ。

「もしやこれって、駿矢さんが作ってくれたり……？」

まさかと思いながらも、さらに頭を過る。

さっき思った駿矢さんの、指先の汚れは――。

「ああ。タンタルっていう素材を使ってちょっと。それ、自動車にも使われる材料で頑丈なんだ。それと、アレルギー反応も起きない安全なものだから。探せばジュエリーショップでも同じ素材の指輪はあると思う」

驚嘆するあまり、相槌も打てない。

手先が器用すぎる。ううん。そんなことより、忙しいのに私のためにこれを……。

「一緒に指輪を見に行こうとは言ったけど、ひとつくらい俺が作ったものを贈ってもいいだろ？」

駿矢さんは再び私の左手を取り、そう言って笑った。

彼は私になんでもくれる。楽しい時間も初めての心地も、これまで目を背けてきたものと向き合う勇気も、自分への自信も。

その上、この世にたったひとつしかない指輪までもらって、これ以上なにかを望むなんてバチが当たる。

「これだけで十分です」

彼の手をきゅっと握り返して笑いかけるや否や、私は広い胸にすっぽりと抱きしめられた。

海風から遮られ、さらに彼の体温に触れて、ほっとした心境で軽く頬を寄せる。

黙っていると、彼の少し速いリズムの心音が届いてきて、私まで同様にリズムが速くなっていった。

「俺は来週、ドイツに戻る」

抱き合った状態のまま告げられたことに、まったく動じなかったかといえば嘘になる。でも、わかりきっていたことでもあったため、取り乱すまでにはならなかった。

「……そうなんですね」

胸の中でぽつりと返すと、彼は私の両肩に手を乗せ、おもむろに身体を離す。

ゆっくり、ゆっくりと顔を上げていき、彼の至極真剣な目と視線がぶつかった。

「──美花。君の人生の半分を俺にくれ。そして、俺の人生の半分を受け取ってくれないか？」

プロポーズは、もう何度もしてくれた。初めは混乱して、その次も動揺はしたものの、受け入れた。私の家族にもその固い意志を表明し、さらにあの兄をも説き伏せてくれた。

もう私の答えはわかっているはずなのに……。彼の表情や声から、痛いほどの緊張と誠実さがひしひしと伝わってくる。

駿矢さんはそっと手を下ろし、改めて右手を差し出した。

「この手を取ってくれたら、俺は——」

ここで、彼に応えなくてどうするの。

照れたり的確な言葉を探したりする暇なんかない。今だけは、衝動的にでも、言葉は二の次で動かなければ。

私は前のめりになって、目の前の大きな手を両手で握る。

私の両手でも包みきれない大きな彼の手を見つめ、指先に残る汚れに胸がきゅうっとしめつけられた。

その手を自分の頬に持っていき、彼の温もりを感じて頬を緩める。

「はい。なんでも分かち合える夫婦になりたいです」

すると、駿矢さんはもう片方の手も私の頬に添え、顔を包み込む。そして、私の目を覗き込み、ささやいた。

「俺のすべてを捧げても、幸せにする。いや、なる。一緒に」

言葉とは無限の可能性を秘めているなと、つくづく思う。

同じ『幸せ』でも、伝え方次第で二倍にも三倍にも胸に深く残る。

『一緒に』――。その些細なひとことを、こんなにもうれしく思うんだもの。

「はい」

私が迷いなく返事をしたあと、彼もまた満たされた表情を見せ、流れるように顔を傾け口づける。冷えていた唇が彼のキスにかかると、たちまち温度を取り戻す。彼の熱をも分かち合うみたいで、なんだか面映ゆい。

唇を離してから、今度は額をくっつけられる。

「ドイツに来てほしいようなことを言ってしまったけれど、無理しなくてもいい。夫婦にもいろんな形があって然るべきだ。世界はとても広く、君は今もこれからもずっと自由なんだから」

どこまでも、この人は私の心を救ってくれる。

この感情をどんな言葉で伝えれば、より仔細に伝わるのか……。ううん、もう言葉だけでは足りない。

足を動かそうとした矢先、彼のたくましい腕に身体を攫《さら》われ、抱き留められる。

「でも、帰ってくる場所はここ」

再び彼の腕の中に引き込まれた私は、自ら広い背中に両手を回した。そして、たくましい胸板に顔を埋めて笑う。

「ふふ。もしもそんなふうに自由に世界を飛び回っていたとしても、駿矢さんが恋しくなってすぐ帰ってきてしまうかも」

「いや。俺のほうが恋しくなって、先に会いに行くだろうな」

駿矢さんが真面目《まじめ》な声で返すものだから、どんな顔をしているのかと確認する。

それから目が合い、ふたりで笑って、キスをする。その繰り返し。

何回目かのキスののち、駿矢さんが最上級の柔らかな眼差しを向けてくる。

「世界中で一番、君を想っているのは俺だから。誰にも譲らない」

熱くまっすぐな想いをぶつけられ、よりいっそう自分の中で彼の存在の大きさを実感する。

「駿矢さん。この広い世界で、私を見つけてくれてありがとうございます」

なんの取り柄もない、ちっぽけな存在だと信じて疑わなかった私を、あの雨の日に見つけ出してくれた。

自分で初めて選んだ道の先で出会った意味を、私は幸せな中で今一度噛みしめた。

約一年半後——。

詠美に見送られながら日本を発った私は、フランクフルト国際空港に降り立った。

キャリーケースを引きながらたどり着いた、出口の向こう側にいたのは……。

「美花」

数か月ぶりの彼の姿に、自然と足が駆け出した。

私が抱きつくと、彼はやさしく丁寧に抱きしめ返す。それから腕を緩め微笑んだ。

「待ってたよ、おかえり」とひとこと添えて。

番外編

ドイツに来て十か月が経った。季節は春。

私は日本語教師として働いているけど、こちらに移住してすぐ、その職に就いたわけではなかった。

英会話はできると自負していたけれど、ドイツ語となるとほとんどわからず、まずはカルチャースクールを利用してドイツ語の勉強を始めなければならなかった。

ようやく今では簡単な日常会話程度なら理解できるようになり、少し前から自分もカルチャースクールの講師として不定期で日本語教室を始めるようになった。

アジア圏に比べ、欧州は日本語教師の需要が低め。そのため、今はまだそういった形を取るしか方法がなかったのだ。

ちなみにドイツでは主張をしっかりとする人たちが多い。遠慮深い日本人の性質とは違うので、驚かされることもしばしば。だけど、今では私も意識的に自分の意見を声に出そうと頑張っているところ。つまりは、毎日充実していて楽しいという話。

「おはよう、美花」

早朝六時、駿矢さんが起きてリビングにやってきた。

「おはよう。サンドイッチ作っておいたから、よかったら食べられるときに」

「いつもありがとう」

私は駿矢さんと一緒に暮らしていた。ドイツに来る前にすでに日本で婚姻手続きを済ませていたのだ。そして、結婚式も約二か月前の二月に終わっている。私の実家の意向により神前式となり、日本で執り行った。

もちろん、その日は駿矢さんのご両親も日本へ来てくれた。

駿矢さんのご両親に初めて挨拶をした日のことは、今でもよく覚えている。……というか、そのときの緊張感をいまだに思い出せる。

結論からいうと、ご両親は私を快く迎え入れてくれた。

おふたりはとても明るく気さくな方たちで、私の両親と世代はほぼ同じなのに若々しく、駿矢さんの兄姉と紹介されても信じてしまいそうなほどだった。

ご両親はドイツでの暮らしが長いからか、はたまたもとからなのか、とても意志がはっきりとしている。神前式について打診した際も『オフシーズン以外は日本までは行けない』ときっぱり言われた。

でも私もそれは当然だと思ったし、式の形式はうちの希望を通すのなら、時期は融通するべきと考えた。それで、日取りは二月になったという顛末だ。

ちなみにご両親は、私をすっかり本当の娘のように接してくれていて、今やときどき飼い猫の『フィル』の面倒をお願いされるほど。気軽に頼みごとをしてくれるということは、私を家族として受け入れてくれている証拠に思えてうれしい限りだった。

私はひとりサンドイッチを食べ終え、休む間もなく片づけをして準備を急いだ。

今日は特別な日。駿矢さんが『LITJIN AG《アーゲー》』の総指揮をとって、この春で二周年を迎える。そのため、関係者各位を招待してパーティーが行われるのだ。

私は駿矢さんの妻として、パーティーに参加することになっている。緊張しすぎて、昨夜もあまり眠れなかった。

ハンガーラックに用意してあるコーラルピンクのドレスを見て、さらに緊張が増す。

女性らしいラインのドレス。駿矢さんが見立ててくれたこのドレスはとても素敵。でも、今になってこれを着こなせるのかとちょっと不安になってきた。

兄と適正な距離を取るようになってから、私はほんの少し変化した。これまでモノトーンのパンツスタイルのみだったファッションから、いろいろなカラーの服に挑戦するようになった。以前クリスマスに駿矢さんから贈ってもらった服も、お気に入りで大事に着ている。ただ、今回のドレスはやや挑戦している感があるから……。

この綺麗な色もそうだし、なによりワンピース。いつもミモレ丈だったのもあって、膝丈のデザインは正直慣れていない。ショップで試着をしたときは変ではなかったはず……だけど、いざとなるとまた臆病な気持ちが顔を覗かせる。

いや、でも私はいろいろなことに挑戦していくんだ。

そう自分に言い聞かせ、緊張気味にドレスに袖を通した。メイクやヘアセットなどひと通り終えて、スタンドミラーで最終チェックをする。そこにノックの音がした。

「美花、準備はＯＫ？　開けていい？」

「どうぞ」と答えてすぐ、ドアが開くと、駿矢さんが顔を出した。

「サンドイッチありがとう。美味しかった」

ふわりと微笑む彼は、やや光沢のある上品なグレーのスーツをまとっていた。シックな落ちついたワインレッドのネクタイが映えてよく似合う。

毎日顔を合わせるようになったって、彼がかっこいいのは変わらないし、ドキッとさせられるのも変わらない。

「少しでも食べられてよかった。今日は朝から忙しいって聞いてたから」

どぎまぎしながら返事をすると、彼はこちらをジッと見てくる。その視線に、ますます気持ちが落ちつかない。

「どう……？　変じゃないかな。やっぱりちょっと不安で」

私がハラハラして尋ねると、駿矢さんが後ろから私の肩に手を置いた。そして、スタンドミラーを覗き込みながら答える。

「どうして？　変じゃないよ。ものすごく似合ってる。誰にも見せたくないくらい」

鏡越しの駿矢さんは、まっすぐ私を見て微笑んでいる。

「……もう。そんなことばっかり」

いまだに慣れない。こんなふうに自分を肯定してもらうこと。それが、愛する人という幸せな現状に。

彼は低く甘い声でささやいた。

「だって本心だから。今日も本当はこのまま、ふたりきりで過ごしたい」

私が硬直すると、彼は私の肩から手に向かってするりと指を滑らせる。そして、指を絡ませ合わせ、手首に軽くキスをした。途端に体温が上昇し、あたふたする。

「ほ、ほら、駿矢さん。時間あまりないんじゃない？　迎えが来ちゃう」

心臓が大きな音を立てているのに気づかれないように、冷静なふりをして窘める。

すると、ちょうどそのタイミングで彼のスマートフォンにメッセージが来た。

駿矢さんはひとつ息を吐き、私の手を離してスマートフォンを確認する。

「丹生だ。着いたって」

「やっぱり。丹生さん、いつも時間前行動だもの」

今日はパーティー会場まで丹生さんが送ってくれると聞いていた。

窓から下を覗き込むと、丹生さんの車が停まっている。

駿矢さんは私の背後から窓の下を一瞥し、さりげなくぼやく。

「少しくらい想像力働かせて気を使ってくれてもいいのにな」

「えっ」

真に受けて戸惑う私は思わず後ろを振り返る。

次の瞬間、彼はそれを待っていたかのように、ごく自然に私の唇に口づけた。

パーティーは、初めの挨拶が終わればもうかしこまった雰囲気はなく、ゲストの人たちもそれぞれ楽しそうに過ごしていた。

私も、駿矢さんと一緒にお世話になっている方々への挨拶が一段落したあとは、駿矢さんに「少し休んでおいで」と言われて休憩《きゅうけい》していた。

会場の隅でソフトドリンクを飲んでいると、後ろから名前を呼ばれる。

「美花」

「お兄ちゃん！」

今回のパーティーに兄も招待されていたのは知っていた。

駿矢さんは、あれから本当に兄の研究室と産学提携を結んだらしく、兄との繋がりがまたひとつ増えていたのだ。

それを聞いたときは、初めこそまた兄が失礼な振る舞いをするのではないかと心配した。けれども、よく見聞きしていると駿矢さんのほうが一枚も二枚も上手《うわて》で、気を揉むこともなくなった。

兄は相変わらず眉間に皺を寄せ、私をまじまじと見ては威圧的な態度で口を開く。

「なんだ、その格好は。そんなに足を出して。いつも踝《くるぶし》から十五センチ以上は見せないようなものを選べと……」

兄が途中で言葉を止める。

兄の視線を辿り、振り返れば、そこに駿矢さんが立っていた。

彼は私の肩を抱き寄せ、私に向けるものとは違うよそ行きの笑顔で答える。

「僕も無暗に肌を露出するようなドレスは彼女に着てほしくはないです。ただ、今日は立食スタイルのパーティーなので、動きやすさも考慮したんです。丈も膝が隠れるほどですし、この温かみのある綺麗な色なんて彼女によく似合うと思いませんか？」

駿矢さんが流暢に説明を繰り広げれば、兄はしどろもどろになって同調する。

「ま、まあ、確かに。そういう色味も似合ってはいるな。さすが俺の妹……」

「そうでしょう？　ああ、そうだ。修さんにぜひ紹介したい人がいるんです」

駿矢さんはそう言って、私にアイコンタクトをして兄をこの場から連れ出した。

相変わらず、周囲に気を配りスマートに助けてくれる。

ふたりの後ろ姿を見ながら、自分の心境の変化を改めて感じた。

少し前の自分なら、さっきも兄に対してただひたすら謝っていたと思う。だけど、今の私ならきちんと向き合って、納得させられないにしても自分の思うことを説明することはできた気がする。だって今、兄を前にしたときの変な緊張もない。心に余裕を持てている。自分の変化に、またひとつ自信がついていく。

そこに、聞き馴染みのある女性の声がする。

「相変わらずねー。ミカのお兄さん」

「エマさん！　今日、来られたんですね！　会えてうれしいです」

鮮やかなロイヤルブルー色のワンショルダードレスを着ているエマさんは、スタイルのよさが際立っていて、モデルのように素敵だ。

「いつもよくしてくれる所長がいなくなっちゃったからね。参加は難しいかなって思ってたの。でもインビテーションカードを送ってきてくれたのよ。シュンがね」

「駿矢さんが？」

エマさんの上司の件を把握した上でそうしたのかな。それほどエマさんの存在を大切にしているのだろう。

「言っておくけど、一番の理由はワタシのためなんかじゃないわ。ミカよ」

「私？」

「ワタシがパーティーに来れば、ミカが喜ぶと思って手配しただけってこと」

彼女は細い腕を組み、数メートル先の駿矢さんに視線を送った。

「もうそろそろ終わる時間よね。ちょっと、つき合ってくれない？」

「はい。どちらに？」

エマさんは私の手を引き、会場を出る。終始首を捻ってただついていくも、彼女は行き先を教えてはくれない。

別の部屋に連れていかれると、その部屋に驚きの人物が待っていた。

「え、詠美……？　どうして」

詠美とは、いろいろ多忙だったのと、二月の挙式は親族のみの式だったため、会う機会がなかった。最後に会ったのは夏だから、約九か月ぶりの再会だ。

そのときは詠美がドイツまで遊びに来てくれて、丹生さんも一緒に四人で食事をしたり、遊びに出かけたりした。

ちなみに丹生さんとは恋愛関係には発展しなかったものの、今では昔馴染みの親友くらいに仲がいいらしい。

詠美もまたドレスアップしていて、どうやら事情を知らないのは私だけみたい。

「美花！　もう～、すっかり垢抜《あかぬ》けて！　あ、っと。時間がないからすぐ着替えて」

「え？　え？」

混乱している間、詠美と女性スタッフの方たちにされるがまま。約十分で着替えを完了させられた私は、エマさんと詠美に付き添われ、再び会場に戻る。

「あ、美花。これを持っていって」

「えっ？　これって――」

詠美に手渡されたものは、可愛いブーケと白のネクタイ。戸惑う私に構わず、エマさんは正面のドアを開いた。

会場は先ほどまでとは違う光景が広がっている。足元には赤い絨毯《じゅうたん》。それはまっすぐ敷かれていて、その絨毯を囲むように、ゲストの皆さんが拍手をしている。

そして、絨毯の道の中央あたりに佇んでいるのは……駿矢さん。

茫然としていると、突然ピアノの音色が響く。音の出どころに視線を向けると、見覚えのある外国人男性が演奏していた。

あの人……確か、駿矢さんの知り合いだという……ウィリアムさん？

柔らかなピアノの音と、たくさんの人たちの溢れる笑顔。そして、私が着ているのは純白のドレス。

こんなの、まるで……。

「ウエディングドレス、着られてなかったんでしょ？　ほら、シュンが待ってる」

エマさんは耳元でささやくと、軽く私の背中を押した。

会場に一歩足を踏み出したと同時に、拍手はいっそう大きくなる。突然の出来事に戸惑いが大きく、足が竦んでしまった。もちろん、周囲の人たちの雰囲気から祝福されているのはわかっている。だけど、急すぎて心の準備が……。

緊張で視野が狭くなっている私の目の前に、いつの間にか駿矢さんが来てくれていた。彼は私の前で足を止め、おもむろにワインレッドのネクタイを外す。そして、会釈をするように、軽く頭を下げる。

「美花が俺を新郎にして」

私は詠美から受け取っていたネクタイの存在を思い出し、駿矢さんの首にネクタイをかけた。

こうして向かい合うことなんてこれまで何度もあるのに、なんだかとてもドキドキする。

ネクタイは昔、兄のを結んでいたことがある。大事な学会や授賞式のときに。そして、それを駿矢さんも知っている。

「……できた。時間がかかっちゃってごめんなさい。緊張しちゃって」

ぽつりと言うと、駿矢さんはくすっと笑う。

「もっとゆっくりでもよかったよ。ネクタイを結んでくれる美花が可愛かったから」

思いも寄らない言葉を返され、たちまち頬が熱くなる。

「ありがとう。今日だけ甘えさせてもらった」

駿矢さんは目をやさしく細めてさらにそう言った。

あまりにうれしそうな彼の顔を見て、小声で伝える。

「ネクタイくらい、いつでも……」

「そう？　なら、またお願いしよう。今度は外す役目も頼もうかな？」

彼はわざと耳元でそんなふうに冗談めいてささやいた。私は動揺をごまかすように、話題を変える。

「ね、ねえ。こんなこと……いいの？　会社の大事な節目のパーティーなのに」

「ああ。日本の結婚式は親族だけの形式ばったものだったから。今日は無礼講。ただ笑って、大切な人たちに祝福されよう」

駿矢さんはにこやかに答えたあと、私の額にキスを落とす。瞬間、拍手喝采が起こり、まるでお祭り騒ぎ。こんなに注目されることなんて今までなかった。

徐々に視線が下がっていく私を、駿矢さんは軽々と抱き上げた。

「ウイニングランを思い出す。美花とこの光景を見られて、祝ってもらえて幸せだ」

幸せそうに顔を綻ばせている駿矢さんが、瞳いっぱいに映し出される。

私は彼の腕の中でたくさんのお祝いと綺麗なピアノの演奏を受け取り、最高に幸せなひとときを過ごしたのだった。


その夜。自宅に帰った私たちは、お気に入りのソファに並んでひと息つく。

「美花、疲れただろう？」

「ううん。だってあんなふうに祝福されて疲れるわけないよ」

あれから初めの会場から移動し、先ほどまで二次会的なパーティーが続いていた。

幸せな気分を抱えたまま、帰宅してきた感じだ。

「ところで、ウエディングドレスのまま帰ってきちゃって大丈夫だったのかな」

ふと自分が着ている真っ白なドレスを見て我に返る。

「大丈夫。それはもう美花のものだから」

「えっ。私のものって」

驚いて、隣に座る駿矢さんの顔を覗き込むと、彼は口元を緩めて言う。

「リメイクして日常使いできるようにしてもいいし、将来俺たちのところに娘が来てくれたら、その子に譲るというのもいいかもしれない」

「私たちの将来の子ども……。そんな欲張りな想像をしてもいいの……?」

まだ誰もわかりえない未来を想像し、密かに胸が高鳴るのを感じていると、ふっと顔に影がかかる。

「欲張り？　美花はもっとなんでも欲しがっていいくらいだ。……けど、今は」

「ん……」

吸い寄せられるように唇を重ねた。柔らかな唇がやさしくゆっくり撫でては食み、身体の奥に熱を灯す。

キスの合間に、至近距離で熱い眼差しを向けられながらささやかれる。

「このウエディングドレスは美花のもの。そして、俺の花嫁だ」

「ふ、あ……ッ」

言うや否や口を塞ぎ、大きな手を背に回して器用にドレスを半分脱がせる。下着の上を指が滑り、気づけば肌に直接触れられていた。

「このドレス、本当によく似合うから……時間をかけて脱がせようか」

彼は妖艶な表情でドキリとするセリフを口にし、ベッドまで私を抱えて運ぶと何度もキスを繰り返す。そして宣言通り、じっくり時間をかけて愛された。

温め合った身体を寄り添わせ、天窓に見える星空を仰ぐ。

駿矢さんが、ぽつりとこぼした。

「最近よく思うんだ。結局俺の都合で美花をここに縛りつけてやいないかと……俺を気遣ってここにいてくれているんじゃないかって。でも、そばにいてくれることを喜んでる自分がいるのも本音で」

そんなふうに思わせてしまっていることに驚き、私は彼の手を静かに握った。

「ここにいるのは、生まれ変わった私の初めての意志だから」

目を丸くする駿矢さんに笑いかける。

「私、毎日新しい目標を見つけてるの。それにカルチャースクールでは、みんな結構日本語に興味を示してくれているし、楽しんでもくれてるのよ？　最近では日本の漫画やアニメも人気で話は尽きないんだから」

無理はしていない。本当の意味で心が自由になった私は、いくらでも目標や趣味や楽しい時間を見出せる。

「ああ、本当だ。いい顔してる」

駿矢さんが私の頬を撫でてうれしそうに言うものだから、私も同様の感情を抱き、胸に幸せな思いが溢れた。

彼の手に自分の手を重ねる。

「私、駿矢さんを心から愛しています」

「――俺もだよ。出会ったときから今日まで、この先もいつまでも」

そうやって抱きしめ合う夜は、それからもずっと。

おわり

あとがき

今回も無事に新作をお届けできて、ほっとしております。

今作にお付き合いいただきました皆様には、心より御礼を申し上げます。

いかがでしたでしょうか。作者の好きな、悩めるヒーロー×悩めるヒロインです。イケメンが悩む姿……結構好きです（笑）。芦原先生のカバーイラストも、本当にイメージぴったりでして、あの駿矢にレーシングスーツを着させてヘルメットを抱えてもらいたい～！　と叫びました（心の中で、です）。

繰り返しになりますが、この作品を描きたいな～と思ってから数か月。きちんと形にできて安堵と喜びでいっぱいです。

また皆様とお会いできますよう今後も尽力いたしますので、よろしくお願いいたします。

宇佐木

マーマレード文庫

毒兄に囚われた彼女が、本当の愛を知るまで

～再会した次期 CEO の一途な情熱求婚～

2024年9月15日　第1刷発行　定価はカバーに表示してあります

著者　宇佐木　
発行人　鈴木幸辰
発行所　株式会社ハーパーコリンズ・ジャパン
東京都千代田区大手町1-5-1
電話　04-2951-2000（注文）
0570-008091（読者サービス係）
印刷・製本　中央精版印刷株式会社

ISBN-978-4-596-71338-4

m a r m a l a d e b u n k o